# 인생의 사막에서 만난
# 27개의 오아시스

생텍쥐페리

인생의 사막에서 만난
27개의 오아시스

1판 1쇄 발행  2017년 4월 5일

지은이        생텍쥐페리
옮긴이        번역공동체 계절
펴낸곳        현자의숲
전화          02) 2646-8276
등록          2011년 7월 20일 제 313-2011-204호
주소          서울시 강서로 33가길 18
E-mail       goodbook2011@naver.com

ISBN         979-11-86500-14-9 (03860)

레옹 베르트에게

레옹 베르트에게

이 책을 어른들에게 바치는 것에 대해 어린이들에게 용서를
구한다. 내게는 용서받을 만한 이유들이 있다. 첫째, 어른이
이 세상에서 나하고 가장 가까운 친구이기 때문이다. 둘째,
어른은 무엇이든지 알아들을 수 있고 어린이들을 위한 책까
지 이해할 수 있기 때문이다. 셋째, 이 어른들이 프랑스에 살
고 있는데도 굶주림과 추위에 떨고 있기 때문이다. 그들은
위로받아야 할 처지에 있다. 이 모든 이유로도 부족하다면,
이 어른들도 오래 전에는 어린이였으니 그 어린이들에게 이
책을 바치고자 한다. 어떤 어른도 처음에는 어린이였다.(그
걸 기억하는 어른은 별로 없지만) 그래서 나는 바치는 글을
고쳐 쓴다.

어린 시절의 레옹 베르트에게

# 1

## 어른들은 언제나
## 설명을 해주어야 알지

여섯 살 때 나는 《체험이야기》라는 책을 읽은 적이 있다. 원시림에 관한 책이었는데 거기에는 흥미로운 그림을 하나가 있었다. 보아구렁이가 맹수를 감아서 삼키는 끔찍한 장면이었는데, 그것을 옮겨 그리면 이렇다.

그 책에 이런 말이 있었다.

'보아구렁이는 먹이를 잡으면 씹지 않고 한 입에 통째 집어삼킨다. 그런 다음 먹이가 다 소화될 때까지 여섯 달 동안 잠을 죽은 듯이 잔다.'

나는 밀림에서 일어나는 일을 여러 가지로 곰곰이 생각해 보면서 색연필로 그림을 그려보았다. 나의 첫 번째 그림은 이랬다.

나는 이 그림을 어른들에게 보여주며 "무섭지 않느냐?"고 물어보았다.

어른들은 하나같이 이렇게 대답했다.

"모자가 뭐가 무섭다고 그러니?"

내 그림은 모자가 아니라 보아구렁이가 코끼리를 소화하

고 있는 것이었다. 나는 하는 수 없이 어른들이 알아볼 수 있도록 보아구렁이의 속을 그려서 보여주었다. 어른들은 언제나 설명을 해주어야 아니까. 나의 두 번째 그림은 이랬다.

어른들은 이렇게 조언했다.

"속이 보이는 것이든 안 보이는 것이든 보아구렁이 그림은 집어치우렴. 차라리 지리나 역사, 산수나 문법에 취미를 붙이는 게 좋을 거다."

나는 첫 번째 그림과 두 번째 그림이 성공을 거두지 못해 낙심했다. 그래서 여섯 살 때 일찍이 훌륭한 화가가 될 수 있는 길을 버리고 말았다.

어른들은 스스로 이해할 줄 아는 게 하나도 없다. 어른들에게 모든 것을 설명해 주어야 하는 것은 어린이들에겐 여간 힘이 드는 일이 아니다.

다른 직업을 고를 수밖에 없게 된 나는 비행기 조종사가 되어 세계의 하늘을 날아다녔다. 지리가 큰 도움이 된 것은 사실이다. 중국과 애리조나를 한눈에 구별할 수 있었으니까 말이다. 지리는 밤에 항로를 잘못 잡았을 때 아주 유익하기는 했다. 덕분에 나는 수많은 사람과 만날 수 있게 되었다. 오랜 세월 어른들 집에서 살며 아주 가까이에서 그들을 보았다. 그렇다고 해서 어른들에 대한 내 생각이 달라진 건 아니다.

좀 지혜롭게 보이는 어른을 만나면 간직하고 있던 내 첫 번째 그림으로 시험해 보았다. 뭘 좀 볼 줄 아는 사람인지 알고 싶었기 때문이다. 그러나 대답은 언제나 '모자'였다. 그런 때는 보아구렁이나 원시림이나 별 같은 이야기는 접어두고 어른들이 좋아하는 카드놀이나 골프, 정치, 넥타이 이야기를 꺼냈다. 그러면 그 어른은 똑똑한 사람을 알게 되었다며 무척 기뻐했다.

## 2

## 네가 갖고 싶은 양은
## 이 상자 안에 있어

나는 6년 전 사하라사막에서 내가 조종하던 비행기가 고장을 일으킬 때까지 마음을 터놓고 얘기를 나눌 만한 사람도 없이 혼자 살았다. 갑자기 엔진에 문제가 생겨 사막에 불시착한 나는 정비사도 승객도 없어 그 어려운 수리를 혼자서 해보려고 마음먹었다. 나에게는 죽느냐사느냐의 문제였다. 식량이라고는 겨우 여드레 동안 마실 물밖에 남아 있지 않았으니까 말이다.

첫날 저녁, 나는 사람 사는 곳에서 수만리 떨어진 사막에서 잠이 들게 되었다. 망망대해 한가운데서 뗏목을 타고 있는 조난자보다 막막한 신세였다. 그러니 해 뜰 무렵 조그맣고 이상한 목소리를 듣고 잠이 깨었을 때 얼마나 놀랐겠는가.

"아저씨, 양 한 마리만 그려 줘!"

"뭐라고?"

"양 한 마리만 그려 달라고."

나는 벼락이라도 맞은 것처럼 벌떡 일어나 눈을 비비고 목소리의 주인을 자세히 살펴보았다. 한 아이가 나를 의젓하게 내려다보고 있는 게 아닌가. 바로 앞 페이지에 있는 그림이 내가 나중에 그린 가장 멋진 그 아이의 초상화다.

물론 내 그림은 모델보다는 훨씬 덜 아름답다. 내 탓이 아니다. 여섯 살 때 어른들 때문에 화가의 길을 포기하고, 그림이라고는 속이 보이거나 안 보이거나 하는 보아구렁이밖에 그려본 적이 없으니까.

아무튼 나는 눈이 휘둥그레져 그 아이를 쳐다보고 있었다. 내가 마을에서 수만리 떨어진 곳에 있었다는 것을 다시 한번 생각해 보라. 어린 친구는 길을 잘못 든 것 같지도 않았다. 피곤하거나 배가 고프거나 목이 마른 것 같지도, 무서워서 벌벌 떠는 것 같지도 않았다.

사람 사는 곳에서 수만리 떨어진 사막 한 가운데서 길을 잃은 아이 같은 기색은 어디에도 없었다.

"그런데 넌 누구니?"

아이는 내 말은 들은 체도 하지 않고 무슨 중요한 일이기나 한 것처럼 같은 주문만 되풀이했다.

"양 한 마리만 그려 달라고."

너무도 이상한 부탁을 받으면 거절하지 못하는 법이다. 사람 사는 곳에서 수만리 떨어져 죽을지도 모르는 상황에서 한

가룹게 양이나 그려준다는 것은 도무지 이치에 닿지 않는 것이었지만 나는 얼떨결에 주머니에서 종이 한 장과 만년필을 꺼냈다. 그러나 미술이 아니라 지리나 역사, 산수와 문법 같은 것만 떠올랐다.

"난 그림을 그릴 줄 몰라."

"괜찮아. 양 한 마리만 그려 줘."

양을 그려 본 적이 없었기 때문에 내가 그릴 줄 아는 두 가지 그림 중에서 하나를 그려 주었다. 속이 들여다보이지 않는 보아구렁이 그림이었다. 그런데 놀랍게도 어린 친구는 이렇게 대답했다.

"내가 언제 배 속에 코끼리가 있는 보아구렁이 그려 달랬어? 보아구렁이는 아주 위험한 거야. 코끼리는 너무 거추장스럽고. 우리집은 아주 작아. 난 양이 필요해. 양 한 마리만 그려줘."

하는 수 없이 나는 양을 그려주었다. 아이는 자세히 들여다보고 나서 말했다.

"이건 병이 들었어. 다른 양으로 그려 줘."

또 그렸다.

"이건 염소잖아. 뿔이 달렸으니 말이야."

다시 또 그렸다. 그것도 거절당했다.

"이건 너무 늙었어. 오래 살 수 있는 양을 갖고 싶어."

엔진을 수리하는 일이 급했기에 나는 더 이상 참을 수가 없었다. 그림을 아무렇게나 끼적거려 놓고 한마디 툭 던졌다.

"이건 상자야. 네가 가지고 싶어 하는 양은 이 안에 있어."

뜻밖에도 어린 심사관의 얼굴이 환해졌다.

"내가 갖고 싶어 하던 그림이야! 그런데 아저씨, 이 양은 풀을 많이 줘야 할까?"

"왜?"

"우리 집은 아주 작으니까."

"이거면 충분해. 내가 준 양은 아주 조그마한 거니까."

아이는 머리를 숙여 그림을 들여다보더니 말했다.

"그렇게 작지도 않은데 뭐. 어! 양이 잠들었어."

이렇게 해서 나는 어린왕자를 알게 되었다.

# 3

## 양을 매어둬?
## 정말 이상한 생각인데!


어린왕자가 어디서 왔는지 알기까지는 오랜 시간이 걸렸다. 어린왕자는 나한테는 여러 가지를 물어 보면서도 내가 묻는 말은 들으려 하지 않았다. 우연히 하는 말로 조금씩 조금씩 모든 것을 알게 되었다. 가령 그와 내 비행기를 처음 보았을 때 (내 비행기는 그리지 않겠다. 내가 그리기에는 너무나 복잡한 그림이니까) 나에게 이렇게 물었다.

"이건 뭐하는 물건이야?"

"날아다니는 것이란다. 비행기라고 하는 거야."

내가 날아다닌다는 것을 알려주는 것이 자랑스러웠다. 어린왕자가 소리쳤다.

"그럼 아저씨도 하늘에서 떨어졌어?"

"그렇지."

나는 겸손하게 대답했다.

"그거 참 재미있네."

어린왕자는 깔깔깔 웃었다. 그것은 몹시도 내 비위를 건드렸다. 나의 불행을 비웃는 것 같았기 때문이다.

"아저씨는 어느 별에서 왔어?"

나는 그의 신비로운 존재를 알아내는 데 한 줄기 빛을 감지하고 얼른 물었다.

"그럼 넌 어느 별에서 왔니?"

그러나 어린왕자는 대답도 없이 비행기를 들여다보면서 머리를 끄덕였다.

"하긴 이런 걸 타고 그리 멀리서 오진 못했을 거야."

어린왕자는 무엇인가 곰곰이 생각하더니 내가 그려 준 양을 주머니에서 꺼내더니 보물처럼 열심히 들여다보았다.

다른 별들에 대해 약간 비치기만 한 이 이야기가 얼마나 나를 궁금하게 했겠는가? 그래서 나는 좀 더 알아보려고 질문을 해보았다.

"넌 어디서 왔니? 네 집은 어디야? 내 양을 어디로 가져가려고 그래?"

말없이 무엇인가 곰곰이 생각하더니 어린왕자가 말했다.

"아저씨가 그려준 상자 말이야. 밤에는 양의 집이 될 테니까 다행이야."

"그렇고말고. 네가 얌전하게 굴면 낮 동안에 양을 매어둘 고삐도 그려줄게. 말뚝도 그려주고."

이 제안은 어린왕자의 마음에 들지 않았던 모양이다.

"양을 매어둔다고? 정말 이상한 생각인데!"

"매어두지 않으면 아무데나 가 버려서 길을 잃고 말 테니까."

어린왕자가 깔깔 웃었다.

"양이 가긴 어디로 가?"

"어디든지. 앞으로!"

어린왕자는 웃음을 거두고 말했다.

"괜찮아. 내 집은 아주 작아!"

어린왕자의 표정이 조금 서글퍼 보였다.

"앞으로 간대도 그리 멀리 가진 못할 거야."

## 4

**몇 살이야?**
**형제가 몇이야?**
**그 애 아버지는 얼마나 버니?**


이렇게 해서 나는 또 한 가지 중요한 사실을 알게 되었다. 어린왕자가 살던 별이 집 한 채보다 좀 클까말까 하다는 것을. 그것을 이상하게 생각하지는 않았다. 지구, 목성, 화성, 금성같이 사람들이 이름을 붙인 큰 떠돌이별들 말고도 다른 떠돌이별이 수백 개나 더 있고, 어떤 것은 너무 작아서 망원경으로도 보기가 힘들다는 것을 알고 있었으니까.

천문학자가 그런 별을 하나 발견하면 이름 대신 번호를 매긴다. 예컨대, '소혹성 제3251호' 하는 식이다.

어린왕자가 살던 별이 소혹성 B612호다. 그렇게 믿을 만한 근거가 있다. 이 소혹성은 1909년에 터키의 천문학자가 망원

경으로 한번 본 적이 있었다. 이 천문학자는 국제천문학회에서 자신의 발견을 증명했다. 그러나 발표할 때 입었던 옷차림이 문제였다. 너무 수수해서 아무도 그의 말을 믿지 않았다. 어른들은 언제나 그런 식이다.

터키의 어떤 독재자가 국민들에게 양복을 입지 않으면 사형에 처한다고 한 것은 B612호 소혹성의 명성을 위해서는 다행스러운 일이었다. 이 천문학자는 1920년에 멋진 양복을 입고 다시 자신의 발견을 증명했다. 이번에는 모두 그의 말을 믿었다.

B612호 소혹성에 대해 이렇게 자세히 이야기를 하고 그 번

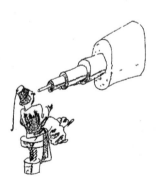

호까지 알려 준 것은 어른들 때문이다.

어른들은 숫자를 좋아하니까. 어른들에게 새로 사귄 친구 이야기를 하면 그들은 가장 중요한 것은 도무지 묻지 않는다.

"그 친구 목소리가 어떻지?"

"그 친구는 무슨 장난을 좋아하니?"

"그 친구도 나비를 수집하니?"

이렇게 말하는 일은 절대 없다.

"몇 살이야?"

"형제가 몇이니?"

"몸무게는?"

"그 애 아빠는 돈을 얼마나 버니?"

이런 것만 묻고 나서 그 친구를 다 안다고 생각한다.

"창틀에는 제라늄이 피어 있고 지붕에는 비둘기들이 놀고 있는 붉은 벽돌집을 보았어."

이렇게 말하면 어른들은 그 집이 어떻게 생겼는지 생각해 내지 못한다.

"십만 프랑짜리 집을 보았어."

이렇게 말해주어야 "참 훌륭하구나!" 하고 감탄한다.

"어린왕자가 몹시 예뻤고, 방긋 웃었고, 양을 가지고 싶어 했다는 것이 그가 있었던 증거야. 누가 양을 가지고 싶어 하면 그 사람이 있는 증거가 돼."

이렇게 말하면 어른들은 어깨를 으쓱하고는 우리를 아이로 취급할 것이다!

"그가 떠나온 별은 B612호 소혹성이야."

이렇게 말하면 그들은 우리 말을 알아들을 것이고, 여러 가지 질문으로 귀찮게 굴지도 않을 것이다. 어른들은 다 그렇다. 그렇다고 그들을 나쁘게 생각해서는 안 된다. 어린이들

은 어른들을 너그럽게 이해해야 한다.

인생을 이해하는 우리는 숫자 같은 건 대수롭게 여기지 않는다. 나는 이 이야기를 이렇게 시작하고 싶었다.

"옛날에 자기보다 클까 말까 한 별에 사는 어린왕자가 있었습니다. 그 왕자는 친구를 무척 가지고 싶었답니다……"

인생을 생각하는 사람들에게는 이런 시작이 훨씬 진실한 느낌을 주었을 것이다. 나는 사람들이 이 책을 아무렇게나 읽어버리는 것을 바라지 않는다. 추억을 이야기하려고 하니까 벌써부터 그리움들이 밀려온다.

내 친구가 양을 데리고 떠난 지 어느덧 여섯 해가 되었다. 지금 여기에 그의 모습을 그려 보려는 것은 그를 잊지 않기 위해서다. 친구를 잊는다는 것은 슬픈 일이니까.

누구나 친구를 가질 수 있는 건 아니다. 나도 숫자밖에는 흥미가 없는 어른들처럼 될 수도 있을 것이다. 내가 그림물감 상자와 연필들을 산 것도 이 때문이다.

여섯 살 때 속이 들여다보이거나 안 보이는 보아구렁이밖에는 그려 본 적이 없는 내가 이 나이에 그림을 다시 시작하는 것은 쉽지 않은 결정이었다.

　물론 할 수 있는 대로 비슷한 초상을 그려 보기는 했다. 이 그림은 괜찮게 되었는데 저 그림은 근사하지가 않다. 키도 조금 다르다. 여기는 어린왕자가 너무 크고, 저기는 너무 작다. 옷 색깔도 망설여진다.

　어쩌면 중요한 부분을 잘못 그렸을지도 모른다. 그러나 그 것은 용서해 주어야 한다. 어린왕자는 도무지 설명을 해주지 않았으니까. 아마 나도 자기 같은 줄로만 생각했던 모양이다.

　그러나 나는 불행하게도 상자 속에 든 양을 꿰뚫어보지는 못한다. 나도 어쩌면 어른들과 비슷해진 모양이다. 아마 늙었나 보다.

## 5

## 장미나무와 구별할 수 있게 되면
## 곧 바오밥나무를 뽑아버리도록
## 규칙적으로 노력해야 해

나는 어린왕자가 말하는 별과 출발과 여행 등에 대해 날마다 조금씩 알게 되었다. 아주 천천히 무엇을 곰곰이 생각하는 중에 우연히 알게 되었다. 사흘째 되던 날, 바오밥나무의 슬픔을 알게 된 것도 그런 식이었다. 이번에도 양 덕분이었다. 어린왕자가 무슨 커다란 의문이나 생긴 듯이 갑자기 물었다.

"양이 정말 작은 나무를 먹는 거지?"

"그럼."

"야! 참 좋다."

양이 작은 나무를 먹는 것이 왜 그렇게 중요한지 나는 이해하지 못했다.

"그러니까 바오밥나무도 먹는다는 거지?"

"바오밥나무는 성당만큼 큰 나무야. 코끼리떼를 몰고 가도 바오밥나무 한 그루를 먹어치우지 못할 걸."

코끼리떼라는 말에 어린왕자가 웃으며 말했다.

"코끼리들을 모두 쌓아 올려야겠네."

영리하게 이런 말도 했다.

"바오밥나무도 다 크기 전에는 조그맣지?"

"그럼! 그런데 어째서 네 양이 작은 바오밥나무를 먹었으면 하는 거니?"

"아이, 참!"

말할 필요도 없다는 표정이었다. 그래저 나 혼자 수수께끼를 푸느라 한참 고민했다.

어린왕자의 별에도 다른 별과 마찬가지로 좋은 풀과 나쁜 풀이 있었다. 좋은 풀씨와 나쁜 풀씨가 있었던 것이다. 하지만 씨는 보이지 않는다. 땅속에서 몰래 자고 있다가 그중 하나가 깨어날 생각이 들면 기지개를 켜고, 아무 힘도 없는 예

쁘고 조그만 싹이 태양을 향해 조심조심 내민다. 무나 장미 싹이라면 멋대로 자라게 내버려둘 수 있다. 그러나 나쁜 풀 일 땐 곧 뽑아버려야 한다.

그런데 어린왕자의 별에는 무서운 바오밥나무 씨가 있었다. 그 별의 땅이 바오밥나무 씨투성이였다. 바오밥나무는 자칫 늦게 손을 대면 없애버릴 수가 없게 되고 만다. 그놈은 별 전체를 휩싸버리고 뿌리로 구멍을 파놓는다. 별이 너무 작고 바오밥나무가 너무 많으면 별은 결국 터지고 말 것이다.

어린왕자가 한참 후 말했다.

"그건 규율 문제야. 아침에 몸단장을 하고 나면 별의 단장 도 해줘야 해. 장미와 구별할 수 있게 되면 곧 바오밥나무를

뽑아버리도록 규칙적으로 노력해야 해. 아주 어릴 땐 바오밥

나무와 장미가 아주 비슷하니까. 그건 아주 귀찮지만 매우

쉬운 일이기도 해."

어린왕자는 지구에 사는 어린이들이 이런 사정을 잘 알 수 있도록 예쁜 그림을 하나 그려 달라고 했다.

"그 어린이들이 여행을 하게 되면 도움이 될 거야. 할 일을 나중으로 미루는 게 괜찮을 때도 있지만, 바오밥나무의 경우는 큰 어려움을 겪게 될 거야. 게으른뱅이가 사는 별이 있었는데 작은 나무 셋을 그냥 내버려두었지."

나는 어린왕자가 알려준 대로 별을 그렸다. 나는 철학자같이 말하기는 싫었다. 그러나 바오밥나무의 위험은 거의 알려져 있지 않은데다 혹시라도 길을 잘못 들어 소혹성에 발을 들여놓은 사람이 크나큰 위험에 닥칠지도 모르기 때문에 이번만 이렇게 말하려 한다.

"얘들아! 바오밥나무를 조심해!"

내가 이 그림에 꽤 정성을 들인 것은, 나와 마찬가지로 오래 전부터 모르는 사이에 위험에 둘러싸여 있는 내 친구들을 위해서였다.

내가 주고 싶은 교훈이 그만한 가치는 있으니까. 여러분은

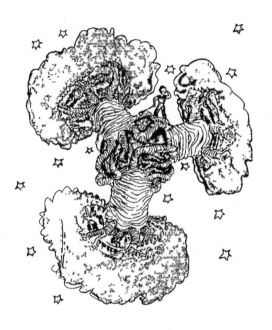

이런 생각을 할지도 모른다.

'이 책에는 왜 바오밥나무만큼 굉장한 그림이 또 없을까?'

답은 아주 간단하다. 그려 보았지만 실패했다. 바오밥나무를 그릴 때는 매우 위급하다는 생각에 숨은 실력이 발휘된 것이다.

## 6

## 조금씩 조금씩
## 네 쓸쓸한 삶을
## 알게 되었어


나는 이렇게 해서 조금씩 조금씩 어린왕자의 쓸쓸한 삶을 알게 되었다. 오랫동안 어린왕자는 해가 지는 고요한 풍경을 바라보는 것 말고는 소일거리라는 게 없었다. 나는 넷째 날 아침 어린왕자가 이런 말을 했을 때 이 새로운 사실을 알게 되었다.

"나는 해 지는 풍경이 좋아. 우리 저녁놀 보러 가."

"그러려면 기다려야 해."

"뭘 기다려?"

"해가 지길 기다려야 한단 말이야."

어린왕자는 처음에는 몹시 이상해하는 눈치더니 나중에는

혼자 웃으며 말했다.

"난 아직도 우리 별에 있는 줄 알았어!"

누구나 다 알다시피 미국이 정오일 때 프랑스에는 해가 진다. 해지는 것을 보려면 1분 안에 프랑스로 가야 한다. 그런데 불행히도 프랑스는 너무 멀리 있다. 그러나 조그만 어린 왕자의 별에서는 의자를 몇 발짝만 옮겨놓으면 되었다. 그래서 어린왕자는 해지는 풍경을 보고 싶을 때마다 바라볼 수 있었다.

"하루는 해가 지는 걸 마흔세 번이나 구경했어!"

조금 있다가 다시 말을 이었다.

"몹시 쓸쓸할 땐 해지는 저녁놀을 바라보고 싶어져."

"그럼 마흔세 번 바라본 날은 그렇게도 쓸쓸했었니?"

어린왕자는 말이 없었다.

## 7

수천만 개 별 중에
하나밖에 없는 꽃을 사랑하고 있다면
별들만 쳐다봐도 행복해지는 거야.

닷새째 되던 날도 양 덕분에 어린왕자의 또 다른 비밀을 알
게 되었다. 그는 오랫동안 속으로 생각하던 문제의 결론인
것처럼 밑도 끝도 물었다.

"양이 작은 나무를 먹으면 꽃도 먹을 테지?"

"양은 무엇이든 다 먹지."

"가시 돋친 꽃도 먹어?"

"그럼."

"그럼 가시가 아무 소용이 없잖아?"

나는 그것을 알지 못했었다. 그땐 엔진에 너무 꼭 박힌 볼
트를 빼보려고 한참 끙끙대던 중이었다. 고장이 매우 큰일로

생각되기 시작했고, 또 물이 얼마 남지 않아서 최악의 상황에 처할 우려가 있었기 때문에 나는 무척 걱정하고 있던 참이었다.

"가시는 왜 필요한 거야?"

어린왕자는 한번 물어 본 건 지나치는 법이 없었다. 나는 볼트 때문에 짜증이 나서 아무렇게나 말했다.

"가시는 아무 소용없는 거야. 꽃들이 심술궂어서 그런 거야."

"그래?"

잠깐 말없이 있더니 원망스러운 듯이 말했다.

"나는 아저씨 말을 안 믿어! 꽃들은 힘이 없고 순진해. 그래서 방어책을 쓰는 거야. 스스로 지키려고 애를 쓰는 거야. 가시가 있으니까 자기들이 아주 무서운 존재인 것처럼 생각하는 거야."

나는 아무 말도 하지 않았다. 그때 나는 이런 생각을 하던 중이었다.

'요놈의 볼트가 꼼짝하지 않으면 망치로 두들겨 깨뜨려버

리고 말 거야.'

어린왕자는 다시 내 생각에 훼방을 놓았다.

"아저씨는 그렇게 생각하고 있는 거야? 꽃들이……"

"아니야! 아무 생각도 하지 않았어. 나오는 대로 말해버린 거야. 난 지금 아주 중요한 일을 하고 있어!"

어린왕자는 어이가 없는 듯이 쳐다보았다.

"아주 중요한 일을 한다고?"

어린왕자는 손에 망치를 들고 손가락은 시커먼 기름투성이가 된, 이상하게 생각되는 물건 위에 몸을 구부리고 있는 나를 보며 중얼거렸다.

"아저씨는 어른들처럼 말하고 있네!"

그 말에 나는 좀 부끄러웠다.

"아저씨는 혼동하고 있는 거야. 마구 뒤죽박죽 만들고!"

어린왕자는 화가 잔뜩 나 금발머리를 바람에 휘날리며 말했다.

"얼굴이 시뻘건 어떤 아저씨가 살고 있는 별이 있어. 그 아저씨는 꽃향기를 맡아 본 적이 없어. 더하기빼기밖에는 아무것도 하는 일이 없어. 하루종일 '나는 착실한 사람이다! 나는 착실한 사람이다!' 하고 중얼거리고만 있지. 잔뜩 거드름을 피우면서."

"……."

"그건 사람이 아니야. 버섯이지!"

"뭐라고?"

"버섯이라고!"

어린왕자는 화가 나 얼굴이 하얗게 질려 있었다.

"꽃은 수백만 년 전부터 가시를 만들어 왔어. 양들도 수백만 년 전부터 꽃을 먹고 왔고. 그런데도 아무 소용도 없는 가시를 만드느라 꽃들이 그렇게 고생을 하는지 알아보려는 게 중요한 일이 아니라고? 꽃과 양이 싸우는 게 큰일이 아니야? 그건 얼굴이 시뻘건 뚱뚱보 아저씨의 계산보다 중요한 일이야. 그리고 내 별 말고는 어디에도 없는 이 세상 단 하나밖에 없는 꽃을 어린 양이 어느 날 아침 무심코 먹어치워버린다고 상상해봐. 그래도 중요한 일이 아니라고 할 수 있어? 누가 수백 수천만 개 별 중에 하나밖에 없는 꽃을 사랑하고 있다면, 별들만 쳐다봐도 행복해지는 거야. 속으로 '저기 어디에 내 꽃이 있겠지' 그런 생각을 하게 되거든. 그런데 양이 그 꽃을 먹어 봐. 그에게는 별들이 모두 갑자기 빛을 잃은 거나 마찬가지야! 그래도 이게 중요한 일이 아니라고 할 수 있어?"

그는 말을 잇지 못하고 갑자기 흐느끼기 시작했다. 해는 이미 져버린 뒤였다. 내 손에는 연장이 없었다. 망치나 볼트나 갈증이나 죽음 따위는 아무것도 아니라는 생각이 들었다. 떠돌이별 지구에서 위로해 주어야 할 어린왕자가 있었던 것이다. 나는 어린왕자를 안고 토닥여 주었다.

"네가 사랑하는 꽃은 위험하지 않아. 굴레를 그려줄게. 네 꽃에는 울타리를 그려주고. 또……"

더 이상 무슨 말을 할 수 없었다. 내가 너무 서투르다는 자책감이 들었다. 어떻게 해야 어린왕자를 위로할 수 있고 그의 마음을 붙잡을 수 있는지 알지 못했다. 눈물의 나라는 그처럼 신비로운 것이다.

## 8

### 그 얕은 꾀 뒤에
### 깊은 사랑이 숨어 있는 걸
### 눈치 챘어야 하는 건데

나는 그 꽃에 대해 좀 더 잘 알게 되었다. 어린왕자의 별에는 꽃잎이 한 겹만 있는 소박한 꽃이 있었는데, 자리도 별로 차지하지 않고 누구를 귀찮게 굴지도 않았다. 아침에 피었다가 저녁에 지는 게 전부였다.

그 꽃은 어디서 왔는지 모를 씨에서 싹이 텄는데, 다른 싹과 다르게 생긴 이 싹을 어린왕자는 아주 주의깊게 관찰했다. 혹시 바오밥나무의 새 종류일지도 모른다고 생각했기 때문이다.

어린 싹이 자라기를 멈추고 꽃봉오리를 맺기 시작했다. 봉오리가 굉장했다. 어린왕자는 봉오리에서 어떤 기적이 나타

날 것이라고 생각했다.

그러나 꽃은 푸른 방 속에 숨어 아름다운 단장을 하느라 여념이 없었다. 빛깔을 정성껏 고르고 옷을 화려하게 입고 꽃잎을 하나씩 다듬었다. 개양귀비처럼 구겨진 채 나오기가 싫었던 모양이다.

꽃은 자기의 아름다움이 절정에 다다랐을 때 나타나려고 했다. 무척이나 멋을 부리는 꽃이었다! 신비로운 꽃단장은 며칠이나 계속됐다. 그러던 어느 날 아침 해 뜰 무렵 꽃은 활짝 피어났다.

그렇게도 섬세한 치장을 한 것이 무색하게도 꽃은 나오자마자 하품을 했다.

"아함! 겨우 잠이 깼네요. 용서하세요. 머리가 완전 헝클어져 있지요?"

어린왕자는 감탄했다.

"당신은 참 아름다워요!"

"그렇죠? 나는 태양과 동시에 태어났어요."

어린왕자는 꽃이 그다지 겸손하지는 않음을 짐작했다. 그러나 몹시도 마음을 움직이는 꽃임에는 틀림이 없었다.

잠시 후 꽃이 말을 이었다.

"지금 아침 먹을 시간이 아닌가요? 제 생각 좀 해주시겠어
요?"

어린왕자는 당황해하며 신선한 물을 한 통 들고 와 꽃에 뿌
려 주었다.

허영심 많은 꽃은 어린왕자의 마음을 괴롭혔다. 하루는 자
기가 지닌 네 개의 가시에 관한 이야기를 들려주었다.

"호랑이들이 발톱을 세우고 달려들지도 몰라요!"

"걱정 말아요. 이 별에는 호랑이가 없어요. 게다가 호랑이
는 풀을 먹지 않아요!"

그러자 꽃이 상냥스럽게 말했다.

"나는 풀이 아니에요."

"미안해요."

"호랑이는 조금도 무섭지 않지만 바람이 불어대는 건 질색
이에요. 바람막이는 없나요?"

어린왕자는 걱정이 되었다.

'식물이 바람 부는 게 질색이라니? 그거 참 곤란한 걸.'

"저녁에는 유리고깔을 씌워 주세요. 당신 별은 너무 추워요. 별의 위치가 좋지 못해요. 내가 있던 별은……"

꽃은 말끝을 흐렸다. 꽃은 씨의 형태로 온 만큼 다른 세상에 대해서는 아무것도 알지 못했기 때문이다. 빤한 거짓말을 하려다가 들킨 것이 부끄러워서 괜스레 어린왕자를 탓하려고 두세 번 기침을 했다.

"바람막이는 어쩌셨어요?"

"가지러 가려던 참인데 당신이 말을 하고 있어서요."

꽃은 어린왕자에게 가책을 느끼게 하려고 기침을 더 심하

게 했다.

어린왕자는 사랑에서 우러나오는 착한 뜻은 품고 있었으면서도 꽃을 의심하게 되었다. 아무렇지도 않은 말을 심각하게 받아들여 몹시 우울해지곤 했다. 하루는 어린왕자가 내게 속마음을 털어놓았다.

"꽃이 하는 말을 듣지 말았어야 했어. 꽃이 하는 말은 절대로 듣지 말아야 해. 그냥 보고 향기를 맡기만 해야 해. 내 꽃이 내 별을 향기롭게 해주고 있었지만 나는 그걸 즐길 수가 없었어. 발톱 이야기를 들었을 때도 조바심이 났지만, 사실은 가엾은 생각이 들었어야 했어. 나는 그때 아무것도 이해하지 못했어! 꽃이 하는 말로 판단할 것이 아니라 행동을 보고 판단해야 할 걸 그랬어. 꽃은 향기를 주고 내 마음을 환하게 해주었어. 도망치지 말았어야 했어! 그 얄은 꾀 뒤에 깊은 사랑이 숨어 있다는 걸 눈치 챘어야 하는 건데 그랬어. 꽃들은 마음과 어긋나는 말을 무척 잘 하니까. 그렇지만 나는 너무 어려서 그 꽃을 사랑할 줄 몰랐어."

## 9

## 나비를 보려면
## 벌레 두 세 마리쯤은
## 견뎌야 해

나는 어린왕자가 철새들의 이동을 이용해 별을 빠져나왔을 것으로 추측한다.

길을 떠나던 날 아침, 어린왕자는 자기 별을 깨끗이 청소해 놓았다. 불을 뿜는 화산의 그을음도 정성스럽게 청소했다. 어린왕자에게는 활화산이 두 개 있었다. 그것들은 아침 식사를 끓이는 데 정말 편리했다.

휴화산도 하나 있었다. 휴화산도 그의 말처럼, "어떻게 될지 알 수 없는 것이다". 그래서 휴화산의 그을음도 청소했다. 화산들은 그을음만 잘 청소해 주면 폭발하지 않고 조용히 규칙적으로 불을 뿜는다. 화산폭발은 굴뚝의 불과 같은 것이

다. 물론 지구에 사는 우리는 너무도 작아서 화산을 청소해
줄 수는 없다. 그래서 화산폭발로 큰 어려움을 당하는 것이
다.

어린왕자는 좀 쓸쓸한 마음으로 나머지 바오밥나무 싹도
뽑아주었다. 다시는 돌아오지 않으리라 생각했다. 늘 해오던
일이 그날 아침에는 특별히 소중하게 생각되었다. 그리고 꽃
에게 마지막으로 물을 주고 유리고깔을 씌워 주려고 했을 때
울음이 터져 나오려고 했다.

"잘 있어!"

그러나 꽃은 말이 없었다.

"잘 있어!"

어린왕자는 다시 한 번 말했다.

꽃은 기침을 했다. 하지만 이것은 감기 때문이 아니었다.
마침내 꽃이 말했다.

"내가 어리석었어. 용서해 줘. 그리고 행복하게 살아!"

어린왕자는 꽃이 신경질을 부리지 않는 게 이상했다. 그는
고깔을 손에 든 채 어쩔 줄을 모르고 우두커니 서 있었다. 꽃

이 이렇게 조용하고 다정하게 자기를 대하는 이유를 알 수 없었다.

"나는 네가 좋아."

꽃은 말했다.

"너는 그걸 도무지 몰랐지. 그건 내 탓이었어. 그렇지만 너도 나와 마찬가지로 어리석었어. 행복해야 해. 그 고깔은 내버려 둬. 이젠 쓰기 싫어."

"그렇지만 바람이……"

"난 그렇게 감기가 심한 것도 아니야. 찬바람이 오히려 이로울 거야. 나는 꽃이니까."

"하지만 벌레들이……"

"나비를 보려면 벌레 두 세 마리쯤은 견디어야 해. 나비는 참 예쁜 모양이던데. 그렇지 않으면 누가 나를 찾아주겠어. 너는 멀리 가 있을 거니까 큰 짐승들은 조금도 겁날 게 없어. 나는 가시가 있으니까."

어린왕자는 불을 뿜는 화산을 정성껏 청소했다. 꽃은 천진스럽게 제 가시 네 개를 가리켰다. 그리고 말을 이었다.

"그렇게 우물쭈물하지 마. 속상해. 떠나기로 작정했으니 어서 가."

꽃은 우는 모습을 어린왕자에게 보이고 싶지 않았다.

그만큼 도도한 꽃이었다.

## 10

### 남을 판단하기보다
### 자신을 판단하는 것이
### 훨씬 더 어려운 거야

어린왕자는 소혹성 325호, 326호, 327호, 328호, 329호, 330호와 이웃해 있었다. 일자리도 구하고 무언가 배우기도 할 생각으로 이 별들부터 찾아가기로 했다.

맨 처음 찾아간 별에는 임금님이 살고 있었다.

임금님은 수달가죽으로 만든 옷을 입고 매우 위엄 있는 옥좌에 앉아 있었다.

"오! 신하가 왔구나!"

어린왕자가 오는 것을 보고 왕이 큰 소리로 외쳤다. 어린왕자는 이상한 생각이 들었다.

'나를 한 번도 본 적이 없는데 어떻게 알아볼까?'

임금님들에게는 이 세상이 아주 간단하다는 것을 어린왕자는 알지 못했던 것이다. 모든 사람이 신하인 것이다.

"자세히 보게 이리 좀 더 가까이 오라."

임금님은 어떤 사람의 왕 노릇을 하게 된 것을 몹시도 자랑스러워하는 것 같았다.

어린왕자는 앉을 자리를 찾으려고 두리번거려 보았으나 별 전체가 온통 임금님의 호화스런 수달피 망토로 덮여 있었다. 그래서 서 있어야 했다. 순간 피로가 몰려와 하품이 나오고 말았다.

"임금 앞에서 하품을 하는 것은 예의에 어긋나는 일이니라. 짐은 그것을 금하노라."

"하품을 안 할 수가 없어요. 머나먼 여행을 했으니까요. 잠도 못 자서요……."

"그러면 하품하기를 명하노라. 짐은 몇 해째 하품하는 사람을 보지 못했노라. 짐에겐 하품하는 것이 진기하게 보이노라. 자! 또 하품을 해보라. 명령이다."

"그렇게 말씀하시니 겁이 나서 더는 하품을 할 수가 없어요."

어린왕자는 얼굴을 붉히며 말했다.

"에헴! 그러면 짐은…… 네게 명하노니 하품을 하기도 하고……"

임금님은 재빨리 몇 마디 중얼거렸는데 심기가 상한 듯했다.

임금님은 무엇보다 자기 권위가 존중되기를 원했다. 불복을 용납하지 않았다. 그는 위엄있는 임금님이었다.

그러나 그는 마음이 너무 착해서 이치에 닿는 명령을 내리려는 것이었다. 그는 늘 이런 말을 했다.

"만약에 짐이 어떤 장군더러 물새로 변하라고 명령했는데 장군이 이 명령에 복종하지 않는다면 그것은 장군의 잘못이 아니라 짐의 잘못이다."

"앉아도 괜찮아요?"

어린왕자는 조심스럽게 물었다.

"네게 앉기를 명하노라."

이렇게 말하며 임금님은 수달피 망토 한 자락을 점잖게 끌

어울렸다.

　그러나 어린왕자는 이상한 생각이 들었다.

　'이 별은 아주 조그마한데, 대체 이 임금님은 무엇을 다스리는 걸까?'

　"임금님, 한 가지 여쭈어볼 게 있는데요."

　"짐은 네게 질문하기를 명하노라."

　"임금님께서는 무엇을 다스리시나요?"

　"모든 것을 다스리노라."

　"모든 것을요?"

　임금님은 손을 약간 들어 자기 별과 다른 별들과 떠돌이별을 가리켰다.

　"이것을 모두요?"

　"그렇다. 이 모든 것을."

　임금님은 이 별의 절대군주일 뿐 아니라 온 우주의 임금이기도 했던 것이다.

　"그러면 별들이 임금님의 명령에 복종하나요?"

　"물론이다. 짐은 규율을 어기는 것을 절대로 용납하지 않는다."

어린왕자는 임금님의 능력이 부러웠다. 자기도 그런 능력이 있다면 의자를 옮길 필요 없이 해지는 광경을 하루에 마흔네 번뿐 아니라 일흔두 번이나 백 번까지라도, 아니 2백 번까지라도 볼 수 있을 테니까!

어린왕자는 떠나온 작은 별 생각에 약간 서글픈 마음이 들었다. 용기를 내어 임금님에게 한 가지 청을 했다.

"저는 해지는 것을 보고 싶어요. 저를 기쁘게 해주세요. 해가 지도록 명령해 주세요."

"만약에 짐이 어떤 장군에게 나비처럼 이 꽃 저 꽃으로 날아다니라거나 혹은 희곡을 쓰라거나 물새로 변하라고 명령해 장군이 자기가 받은 명령을 이행하지 않는다면 장군과 짐 둘 중에 누구의 잘못이겠느냐?"

"임금님의 잘못이겠죠."

"맞다. 명령을 할 때는 그들이 할 수 있는 것을 요구해야 한다. 권위는 우선 이치에 그 터전을 잡는 것이다. 만약에 네 백성에게 바다에 빠지라고 명령하면 그들은 반란을 일으킬 것이다. 임금이 복종을 요구할 권리가 있음은 임금의 명령이 이치에 닿는 것이기 때문이다."

"그러면 해가 지게 해 달라고 부탁드린 것은요?"

한 번 물어본 것은 잊어버리는 법이 없는 어린왕자였다.

"너는 해지는 것을 구경할 것이다. 그것을 명령하겠노라. 다만 짐이 다스리는 방식에 따라 조건이 갖추어지기를 기다리겠노라."

"언제 조건이 갖추어지나요?"

임금님은 우선 커다란 달력을 찾아보고 나서 말했다.

"그것은…… 오늘 저녁 7시 40분쯤일 것이다. 너는 나의 명령이 얼마나 잘 이행되는지 보게 될 것이다."

어린왕자는 하품을 했다. 해지는 것을 구경하지 못하게 된 것이 섭섭했다. 그리고 심심해졌다.

"여기서는 할 일이 아무것도 없으니 다시 떠나겠어요."

신하를 한 사람 가지게 된 것이 몹시도 자랑스럽던 임금님은 황급히 말했다.

"가지 마라. 가면 아니 되느니라. 나는 너를 대신으로 삼겠노라.”

“무슨 대신이요?”

“법…… 법무대신이로다!”

“재판을 받을 사람이 아무도 없는데요!”

“알 수 없다. 나는 아직 나라를 순시한 일이 없노라. 나는 매우 연로하고, 타고 다닐 수레도 없고, 그렇다고 걸어 다니면 피곤해지노라.”

“그렇지만 저는 벌써 다 보았는데요?”

허리를 굽혀 별 저쪽을 다시 한번 둘러보며 어린왕자는 말했다.

“저쪽에도 아무도 없어요.”

“그러면 너 자신을 판단하라. 그것이 가장 어려운 것이다. 남을 판단하기보다 자신을 판단하는 것이 훨씬 더 어려운 것이니라. 자신을 잘 판단하는 사람이 진정으로 지혜로운 사람이니라.”

“저는 아무데서라도 자신을 판단할 수 있어요. 여기서 살 필요는 없어요, “

"에헴! 이 별 어디엔가 늙은 쥐 한 마리가 있는 듯하구나. 밤에 그 쥐가 돌아다니는 소리가 들린다. 너는 그 늙은 쥐를 판결할 수 있을 것이다. 그 쥐에게 가끔씩 사형을 선고하라. 그러면 그 생명이 네 판결에 달려 있게 된다. 그러나 그때마다 특별사면을 해서 그를 살려두도록 하라. 한 마리밖에 없으니까."

"저는 사형 같은 걸 선고하기는 싫어요. 아무래도 가야 하겠어요."

어린왕자가 말했다.

"아니다."

임금님이 말했다.

어린왕자는 준비는 다 되었으나 나이 많은 임금님을 섭섭하게 해드리고 싶지는 않았다.

"임금님의 명령이 조금도 어김없이 이행되기를 원하시면, 이치에 맞는 명령을 제게 내릴 수가 있으실 거예요. 예를 들면, 1분 안에 떠나가라고 명령하실 수 있지요. 이제 좋은 조건이 갖춰진 것 같은데요."

임금님은 아무 대답도 하지 않았다. 어린왕자는 좀 망설이다가 한숨을 쉬며 길을 떠났다.

"나는 너를 대사로 임명하노라."

임금님은 끝까지 위엄을 잃지 않았다.

어린왕자는 길을 떠나며 생각했다.

'어른들은 이상해.'

## 11

### 허영쟁이들은
### 칭찬밖에는 아무것도
### 귀에 들어오지 않는다


두 번째로 찾아간 별에는 허영쟁이가 살고 있었다.

"나를 숭배할 사람이 왔구나!"

허영쟁이는 어린왕자를 보자마자 멀리서부터 소리쳤다. 허영쟁이 눈에는 다른 사람들이 모두 자신의 숭배자로 보이는 것이다.

"안녕, 아저씨 모자가 참 이상해."

어린왕자가 말했다.

"이것은 답례를 하기 위해 쓰는 거야. 사람들이 내게 갈채를 보낼 때 인사하기 위한 거지. 그런데 불행히도 이리로 지나가는 사람이 아무도 없어."

"그래요?"

어린왕자는 그의 말을 알아듣지 못했다.

"손뼉을 쳐봐."

어린왕자가 손뼉을 치자 허영쟁이는 모자를 쳐들며 공손히 인사를 했다.

"오~ 임금님보다 재미있는데."

어린왕자는 중얼거렸다. 그리고 다시 박수를 쳤다. 허영쟁이는 모자를 들며 인사했다. 5분쯤 이렇게 하고 나니 어린왕자는 이 장난에 싫증이 났다.

"그런데 어떻게 하면 모자가 내려오는 거야?"

허영쟁이는 그 말을 듣지 못했다. 허영쟁이들은 칭찬밖에는 아무것도 귀에 들어오지 않았기 때문이다.

"너는 정말 나를 숭배하니?"

"숭배하는 게 뭐야?"

"숭배한다는 것은 내가 이 별에서 가장 잘 생기고, 옷을 가장 잘 입고, 가장 돈이 많고, 가장 똑똑하다는 것을 인정한다는 거야."

"그렇지만 이 별에는 아저씨밖에 없잖아요!"

"그래도 나를 숭배해다오. 나를 즐겁게 해다오!"

"아저씨를 숭배해요. 하지만 그게 아저씨한테 무슨 소용이 있는 거죠?"

어린왕자는 어깨를 약간 들썩이며 말하고 나서 그 별을 떠났다. 어린왕자는 길을 가며 중얼거렸다.

'어른들은 참 이상해.'

## 12

**"술은 왜 마셔?"**
**"창피한 걸 잊어버리려고."**
**"뭐가 창피한데?"**
**"술 마시는 게 창피하지!"**

다음 별에는 주정뱅이가 살고 있었다. 이 별에는 아주 잠깐 밖에 머물지 않았으나 어린왕자는 마음이 아주 우울해졌다. 이리저리 나뒹구는 빈병들과 술로 가득 찬 병들을 앞에 놓고 우두커니 앉아 있는 주정뱅이를 보고 어린왕자가 물었다.

"아저씨, 거기서 뭐 해?"

"술을 마시고 있지."

주정뱅이의 낯빛은 몹시 침울했다.

"술은 왜 마시는데?"

"잊어버리려고."

"뭘 잊어버려?"

어린왕자는 주정뱅이가 측은한 생각이 들었다.

"창피한 걸 잊어버리려고."

주정뱅이는 고개를 떨구었다.

"뭐가 창피한데?"

어린왕자는 주정뱅이를 위로하고 싶었다.

"술 마시는 게 창피하지!"

주정뱅이는 이렇게 말하고 나서 다시는 입을 열지 않았다. 어린왕자는 머리를 갸웃둥하며 별을 떠났다. 그리고 길을 가며 생각했다.

'어른들은 정말로 이상해.'

## 13

**그렇지만
아저씨는
별을 딸 수는 없잖아!**

네 번째 별에는 사업가가 살고 있었다.

"안녕, 아저씨, 담뱃불이 꺼졌어."

사업가는 무엇이 그리 바쁜지 처음 보는 어린왕자를 쳐다보지도 않았다.

"셋에 둘을 보태면 다섯. 다섯 하고 일곱이면 열둘. 열둘에 셋을 더하니까 열다섯. 안녕. 열다섯에 일곱 하면 스물둘, 스물둘에 여섯 하니 스물여덟. 다시 불을 붙일 시간도 없구나! 스물여섯에 다섯을 보태면 서른하나. 휴! 그러니까 5억162만2731이 되는 구나."

"무엇이 5억이야?"

"응? 너 아직도 거기 있었니? 저어……, 5억 백……. 잊어버렸다……. 하도 바빠서. 나는 착실한 사람이야. 쓸데없는 짓은 하지 않지. 둘에 다섯이면 일곱……"

"무엇이 5억이냐니까?"

한번 물어 본 말은 그냥 지나치는 법이 없는 어린왕자가 다시 물었다. 사업가는 고개를 들었다.

"내가 54년째 이 별에서 살지만 그동안 방해를 받은 일은 딱 세 번뿐이었어. 첫 번째는 스물두 해 전인데 어디선지 풍뎅이가 한 마리 떨어졌지. 어찌나 요란스러운 소리를 내는지 더하기를 네 번이나 틀리고 말았지 뭐야. 두 번째는 11년 전 신경통이 생겼을 때였어. 운동이 부족한 게 원인이었지. 산책할 시간도 없단 말이야. 나는 착실한 사람이니까. 그리고 세 번째가 바로 너야! 가만 있자. 5억 백…… 이라고 했겠다……"

"그러니까 뭐가 몇 억 개냔 말야?"

사업가는 조용히 일하기는 다 틀렸다는 것을 깨달았다.

"하늘에 보이는 조그만 물체가 몇 억 개란 말이다."

"파리 말이야?"

"아니! 반짝반짝 빛나는 조그만 물체."

"벌꿀?"

"아니라니까! 게으름뱅이들이 올려다보며 공상을 하는 조그만 금빛 물체 말이다."

"아! 별들 말하는 거야?"

"오케이! 별들 말이야."

"그런데 별 5억 백만 개를 가지고 뭘 하는데?"

"5억162만2731개야. 나는 착실하고 정확한 사람이거든."

"알았어. 그러니까 그 별들을 가지고 뭘 하느냐고?"

"하긴 무얼 해? 그냥 다 내가 차지하는 거지."

"아저씨는 별들을 차지하려는 거야?"

"그럼."

"그런데 난 벌써 임금님도 한 분 봤는데. 그분은……"

"왕들은 차지하는 게 아니라 다스리는 거지. 그건 아주 다른 거야."

"별을 차지하는 게 아저씨한테 무슨 소용이 있어?"

"부자가 되는 거지."

"부자가 되는 게 무슨 소용이 있는데?"

"누가 다른 별을 발견하면 그걸 사들일 수가 있잖아."

'이 아저씨도 주정뱅이와 비슷한 말을 하는구나.'

어린왕자가 다시 물었다.

"어떻게 별을 차지할 수 있어?"

"별들은 누구의 것이냐?"

사업가가 투덜대며 되물었다.

"몰라. 임자가 없는 것 아냐?"

"그러니까 내 것이지. 내가 제일 먼저 생각했으니까."

"그러면 되는 거야?"

"그러면 되고말고. 네가 임자 없는 다이아몬드를 얻으면 그 다이아몬드가 네 것이지. 임자 없는 섬을 네가 발견해도 그 섬이 네 것이 되지. 네가 무슨 생각을 맨 처음으로 해내면 그 생각에 대해 특허를 얻지. 그 생각은 네 것이니까. 그것처럼 별을 차지할 생각을 나보다 먼저 한 사람이 없으니까 별들이 내 차지가 된단 말이다."

"그건 그래. 그런데 아저씨는 그걸 가지고 뭘 해?"

"관리를 하는 거야. 별들을 세고 또 세는 게 내 일이지. 그건 어려운 일이야. 그러나 나는 착실한 사람이라서 할 수 있는 거야!"

어린왕자는 그래도 만족하지 않았다.

"나는 목도리가 있으면 목에 두르고 다닐 수 있어. 또 꽃이 있으면 그걸 따서 가질 수도 있어. 그렇지만 아저씨는 별을 딸 수는 없잖아!"

"하지만 나는 별을 은행에 맡길 수는 있어."

"그건 또 무슨 말이야?"

"조그만 종이쪽지에 내 별의 수를 적어서 서랍에 넣고 잠그면 돼."

"그게 다야?"

"그뿐이지."

어린왕자는 생각했다.

"그거 재미있다. 꽤 시적인데. 하지만 그리 착실한 일은 아니야."

어린왕자는 중대한 일이라는 것에 대해 어른들과는 아주 다른 생각을 가지고 있었다. 어린왕자는 이런 말도 했다.

"나는 꽃이 하나 있는데, 매일 물을 줘. 또 화산이 셋이 있는데 일주일에 한 번씩 그을음을 청소해 줘. 휴화산까지도 청소해 주지. 어떻게 될지 모르니까. 나는 내가 가지고 있는 꽃이나 화산을 소중하게 보살피고 있어. 그런데 아저씨는 별들에게 이로울 게 없어."

사업가는 대답할 말이 생각나지 않았다. 시들해진 어린왕자는 그 별을 떠났다. 어린왕자는 길을 가며 생각했다.

'어른들은 정말이지 아주 이상하구나.'

## 14

**"어리석은지는 모르겠지만
매우 아름다운 일이지.
아름다우니까 정말로 이로운 일인 거야."**


다섯째 별은 아주 이상한 곳이었다. 너무 작은 별이어서 가로등 하나와 등 켜는 사람이 있을 자리밖에 없었다.

'집도 사람도 없는 별에 가로등과 등을 켜는 사람이 무슨 소용이 있는 걸까?'

어린왕자는 이해할 수가 없었다. 그러나 그는 이런 생각을 했다.

'이 사람도 어리석은 사람인지는 모르겠지만 그래도 임금님이나 허영쟁이나 주정뱅이나 사업가보다는 나아. 적어도 그가 하는 일은 뜻있는 일이니까. 가로등을 켜면 별이나 꽃을 하나 돋아나게 하는 거나 마찬가지이고, 가로등을 끄면

꽃이나 별을 잠들게 하는 거야. 이건 매우 아름다운 일이지. 아름다우니까 정말로 이로운 일인 거야.'

그 별에 발을 들여놓으며 어린왕자는 등 켜는 사람에게 공손히 인사했다.

"안녕? 아저씨. 그런데 왜 지금 막 가로등을 껐어?"

"명령이야. 안녕?"

"명령이 뭐야?"

"가로등을 끄라는 명령이지. 안녕?"

그러고 나서 다시 가로등을 켰다.

"그런데 왜 등을 다시 켰어?"

"명령이니까."

"무슨 소린지 모르겠네."

"이해할 필요 없어. 명령은 명령이니까. 안녕?"

그는 가로등을 다시 켰다. 그런 다음 붉은 체크무늬가 박힌 손수건으로 이마의 땀을 씻었다.

"가로등을 켜고 끄는 일은 참 기막힌 직업이야. 전에는 괜찮았는데……. 아침에 끄고 저녁에 켜면 되었지. 나머지 낮

동안에는 쉴 수도 있고 나머지 밤 시간에는 잘 수도 있었으니까.”

“그 뒤로 명령이 바뀐 거야?”

“오히려 명령이 바뀌지 않았으니까 큰일이란다! 별은 해마다 자꾸자꾸 더 빨리 도는데 명령은 그대로야!”

“그래서?”

“지금은 별이 1분에 한 바퀴씩 도니까 1초도 쉴 시간이 없어. 1분에 한 번씩 켜고 끄고 하니까!”

“참 이상한데! 아저씨네 별에서는 하루가 1분이란 말야?”

“조금도 이상할 것 없어. 우리가 이야기한 지 벌써 한 달이나 지났어.”

“뭐? 한 달!”

“30분이니까 30일이지! 안녕?”

그러더니 다시 불을 켰다.

어린왕자는 등 켜는 사람을 보며 명령에 이렇게까지 충실한 그가 좋아졌다. 그러다 문득 자기 별에서 의자를 옮겨가며 해 지는 것을 보던 일이 생각났다. 그는 친구를 도와주고

싶었다.

"아저씨가 쉬고 싶을 때 쉴 수 있는 방법을 알고 있어."

"쉬고 싶다 뿐이겠니?"

등 켜는 사람이 반색했다. 그도 그럴 것이 지시에 충실한 사람이라도 때로는 게으름을 피우고 싶어지기도 하니까.

어린왕자가 말했다.

"아저씨 별은 너무 작아서 세 발짝이면 한바퀴를 돌 수 있어. 그러니까 언제든지 해를 볼 수 있게 천천히 걷기만 하면 그만이야. 아저씨 바람대로 해가 얼마든지 오래 갈 거니까."

"그건 내게 별로 도움이 안 돼. 내가 이 세상에 사는 동안 하고 싶은 것은 잠자는 것이니까."

"그거 참 딱한 일인데."

"딱하고말고. 안녕?"

그러고는 가로등을 껐다.

어린왕자는 다시 길을 떠나며 생각했다.

'이 사람은 임금님이나 허영쟁이, 주정뱅이, 사업가 같은 사람들에게 무시당할지도 몰라. 하지만 우습지 않는 사람은 이 사람뿐이야. 자기 일이 아니라 다른 일을 하고 있으니까.'

그는 애석해서 한숨을 내쉬었다.

'친구로 삼을 만한 사람은 그 사람 하나뿐이었는데. 그렇지만 그 별은 너무 작아서 둘이 있을 자리가 없네.'

어린왕자가 차마 고백할 수 없던 사실이 있었다.

‘무엇보다도 24시간 동안 해가 지는 모습을 1,440번이나 볼 수 있는 이 행복한 별에서 발이 떨어지지 않네.’

## 15

### 그렇지만
### 휴화산도
### 다시 불을 뿜을 수 있어요

여섯 번째 별은 열 배나 큰 별이었다. 거기에는 무지하게 큰 책을 쓰고 있는 할아버지가 살고 있었다.

"오! 탐험가가 왔군!"

어린왕자를 보자 할아버지가 외쳤다. 어린왕자는 앉아서 숨을 약간 몰아쉬었다. 벌써 그렇게 긴 여행을 했으니까!

"넌 어디서 오는 거니?"

할아버지가 물었다.

"이 큰 책은 뭐예요? 그리고 할아버지는 여기서 뭘 하세요?"

어린왕자가 말했다.

"나는 지리학자다."

"지리학자가 뭔데요?"

"바다가 어디 있고, 강이 어디 있고, 도시와 산과 사막이 어디 있는지 아는 학자야."

"그거 참 채미있겠는데. 이제야 직업다운 직업을 보게 되었네요!"

어린왕자는 지리학자의 별을 한 바퀴 둘러보았다. 아직 이처럼 훌륭한 별을 본 일이 없었다.

"할아버지 별은 참 아름다워요. 큰 바다도 있나요?"

"나는 알 수 없어."

"그러세요?"

어린왕자는 실망했다.

"그럼 산은 있나요?"

"내가 어떻게 알겠니?"

"그럼 도시나 강은요? 사막은요?"

"그것도 몰라."

"할아버지는 지리학자시라면서 그것도 모르세요?"

"그렇단다. 그러나 나는 탐험가가 아니야. 내게는 탐험가 경험이 전혀 없어. 지리학자는 도시나 강이나 산이나 바다나 대양이나 사막들을 세러 돌아다니는 사람이 아니야. 지리학자는 아주 중요한 사람이라서 돌아다니면 안 돼. 절대로 서재를 떠나서는 안 되지. 대신 서재에서 탐험가들을 만나본단다. 탐험가들에게 물어보고 그들의 추억을 기록해두는 거지. 그중 어떤 사람이 본 것에 흥미가 있으면 지리학자는 그 탐험가의 인격을 조사한단다."

"그건 왜요?"

"탐험가가 거짓말을 하면 지리책에 커다란 이변이 생기기 때문이란다. 술을 너무 마시는 탐험가도 문제고."

"그건 어째서요?"

"주정뱅이들은 사물을 둘로 보니까 그렇지. 그렇게 되면 지리학자는 산이 하나밖에 없는 곳에 두 개를 적어넣는 실수를 하고 말지."

"저도 좋지 못한 탐험가가 될 만한 사람을 하나 알아요."

"그럴 수도 있겠지. 그래서 탐험가의 인격이 좋아 보이면 그가 발견한 것에 대해 조사를 시킨단다."

"보러 가나요?"

"그러지는 않아. 그건 너무 복잡해. 대신 탐험가한테 증거물을 보여 달라고 하지. 가령 큰 산을 발견했다면 거기서 큰 돌들을 가져오라고 요구하는 식이야."

지리학자가 갑자기 서둘렀다.

"그런데 너는 멀리서 왔지? 탐험가가 맞지? 네가 살던 별에 대해서 이야기해 주겠니?"

지리학자는 노트를 펼치더니 연필을 깎았다. 탐험가들의 이야기를 연필로 먼저 적어놓고 탐험가가 증거품을 가져와야만 잉크로 적는다고 했다.

"자, 어서 빨리!"

지리학자는 말을 재촉했다.

"제 별은 그다지 흥미 있는 것이 못돼요. 아주 조그맣거든요. 화산이 셋이 있는데, 둘은 활화산이고 하나는 휴화산이에요. 그렇지만 어떻게 될지 알 수 있나요?"

"어떻게 될지 알 수 없지."

"꽃도 하나 있어요."

"우리는 꽃 같은 건 기록하지 않아."

"왜요? 꽃이 제일 예쁜 건데요!"

"꽃들은 일시적이니까 그렇지."

"일시적이라는 건 무슨 뜻인데요?"

"지리책은 가장 귀중한 책이야. 절대로 시대에 뒤떨어져서는 안 돼. 산이 자리를 바꾼다는 건 결코 있을 수 없는 일이고, 큰 바다의 물이 말라 버린다는 것도 아주 드문 일이거든. 우리는 변하지 않는 것만 적어야 해."

"그렇지만 휴화산도 언젠간 불을 뿜을 수 있어요."

어린왕자가 지리학자의 말을 막았다.

"그런데 일시적이라는 건 무슨 뜻이에요?"

"활화산이든 휴화산이든 우리에게는 마찬가지다. 우리에게 중요한 것은 산이야. 그것은 변하지 않으니까."

"그러니까 일시적이라는 게 무슨 말이냐고요."

한번 물어 본 것은 그냥 지나치는 법이 없는 어린왕자는 계속해서 물어 보았다.

"일시적이라는 건 오래지 않아 사라질 염려가 있다는 뜻이야."

"제 꽃이 오래지 않아 사라질 염려가 있다는 말씀이세요?"

"그렇고말고."

'내 꽃이 잠깐뿐이라니. 자신을 보호할 수 있는 게 네 개의 가시뿐인 나의 꽃! 그런 걸 집에 혼자 버려두고 오다니!'

어린왕자가 처음으로 느낀 후회라는 감정이었다. 어린왕자는 다시 용기를 냈다.

"어디로 가보는 게 좋을까요?"

"지구에 한번 가보렴. 그 별은 평판이 좋으니까."

그래서 어린왕자는 자기 꽃 생각을 하면서 길을 떠났다.

## 16

# 좀 떨어진 데서 보면
# 그것은
# 찬란한 광경이었다


일곱 번째 별은 지구였다. 지구는 시시한 별이 아니었다. 거기에는 임금님이 111명(물론 흑인 임금님까지 쳐서 말이다.), 지리학자가 7,000명, 사업가가 90만 명, 그리고 750만 명의 주정뱅이와 3억1,100만 명의 허영쟁이, 즉 20억가량 되는 어른이 살고 있다.

전기를 발명하기 전까지는 여섯 개의 대륙을 통틀어 46만 2,511명이라는 엄청난 수의 가로등 켜는 사람을 두어야 했다는 이야기를 들으면, 지구의 넓이가 얼마인지 짐작이 갈 것이다.

좀 떨어진 데서 보면 그것은 찬란한 광경이었다. 이 무리의 움직임은 마치 발레 동작처럼 질서정연했다.

제일 먼저 오스트레일리아와 뉴질랜드의 가로등 켜는 사람들의 차례가 왔다. 이들이 등불을 켜고 잠을 자러 가고 나면 이번에는 중국과 시베리아의 가로등 켜는 사람들이 등을 켜러 나오는 것이었다.

이들 역시 무대 뒤로 사라지면 다음은 러시아와 인도 사람들 차례였다. 그 다음은 아프리카와 유럽, 다음은 남아메리카, 그리고 북아메리카, 이런 순이었다.

그들이 무대에 나오는 순서가 틀리는 일은 절대로 없었다.

그것은 웅장한 광경이었다.

　다만, 북극과 남극에 각각 하나밖에 없는 가로등 켜는 사람들만 한가하고 마음 편한 생활을 하고 있었다. 그들은 한 해에 두 번만 일이 있기 때문이다.

## 17

### 사람들과 함께 있어도
### 외로운 건
### 마찬가지야


이야기를 재미있게 하려고 하면 약간은 거짓말을 하게 마련이다. 내가 말한 가로등 켜는 사람들 이야기는 솔직히 아주 정직한 것은 아니다. 잘 모르는 사람들에게는 지구에 대해 잘못된 생각을 가지게 할 염려가 없지 않다.

사람들은 지구 위의 아주 작은 부분밖에 차지하지 못한다. 땅에 사는 20억 명이 무슨 집회 때처럼 좀 바싹 다가선다면, 가로 20마일에 세로 20마일 되는 광장에 충분히 들어갈 수 있을 것이다. 전 인류를 태평양의 조그만 섬 안에 몰아넣을 수도 있다.

물론 어른들은 이것을 믿지 않을 것이다. 어른들은 자기네가 자리를 훨씬 더 많이 차지하고 있는 줄로 착각하며, 자기네들이 바오밥나무같이 중요한 줄 알고 있다.

그들에게 계산을 해보라고 하면 된다. 그들은 숫자를 무척이나 좋아하니까 만족해할 것이다. 그러나 독자 여러분은 이문제를 푸느라 시간을 허비할 필요가 없다. 그냥 내 말을 믿으면 된다.

어린왕자는 지구에 이르렀다. 그런데 아무도 만날 수 없어서 무척 이상하다고 생각했다. 그래서 혹시 다른 별로 잘못찾아온 건 아닌가 하는 생각이 들기도 했다. 그런데 갑자기모래 속에서 달과 같은 빛깔을 가진 고리가 움직였다.

"안녕?"

어린왕자는 될 대로 되라는 심정으로 인사를 건넸다.

그랬더니 뱀도 인사했다.

"안녕?"

"내가 도착한 이곳은 무슨 별이야?"

"지구. 아프리카야."

"아, 그래! 그런데 지구에는 사람이 하나도 없니?"

"사막이라서 그래. 사막에는 원래 사람이 하나도 없어. 그렇지만 지구는 크단다."

어린왕자는 돌 위에 앉아 하늘을 쳐다보며 말했다.

"별들은 사람들이 언제나 자기 별을 찾아낼 수 있게 하려고 저렇게 빛나고 있는 걸까? 내 별을 봐. 바로 우리 머리 위에 있어. 정말 멀기도 하지!"

"참 예쁜 별이구나. 그런데 넌 여기 뭐 하러 왔니?"

뱀이 말했다.

"꽃하고 말썽이 생겼지 뭐야."

"그래?"

그러고 나서 그들은 입을 다물었다.

"사람들은 어디에 있니? 사막은 좀 외로운데."

이윽고 어린왕자가 입을 열었다.

"사람들과 함께 있어도 외로운 건 마찬가지야."

뱀이 말했다. 어린왕자는 마침내 이렇게 말했다.

"너는 참 이상하게 생겼구나. 손가락같이 가느다랗기만 하구나."

"하지만 나는 임금님 손가락보다 무섭단다."

뱀이 말했다.

어린왕자는 빙그레 웃으며 말했다.

"그렇게 무섭지도 않은데 뭘. 넌 다리도 없잖아. 여행도 못하겠네."

"난 너를 배보다도 더 멀리 데리고 갈 수 있어."

뱀은 어린왕자의 발목에 발찌처럼 감기며 또 이런 말을 했다.

"내가 건드리는 사람은 자기가 원래 있던 곳으로 돌아가게 되고 말지. 하지만 너는 순진하고 다른 별에서 왔으니……"

어린왕자는 대답하지 않았다.

"그렇게도 연약한 네가 바위투성이 땅 위에 있는 것을 보니 가엾은 생각이 드는구나. 네 별이 몹시 그리우면 내가 언제고 너를 도와줄 수가 있어. 나는……"

"잘 알았어. 그런데 넌 어째서 항상 수수께끼 같은 말만 하니?"

"난 모든 것을 해결할 수 있어."

뱀이 말했다. 그리고 나서 그들은 입을 다물었다.

## 18

**사람들은 뿌리가 없어.**
**그래서**
**많은 불편을 느끼는 거야.**


어린왕자는 사막을 가로질러 갔다. 도중에 만난 것이라고
는 꽃 하나밖에 없었다. 꽃잎이 세 개 달린 아주 소박한 꽃이
었다.

"안녕?"

어린왕자가 인사하자 꽃도 마주 인사했다.

"안녕?"

"사람들은 어디 있니?"

어린왕자가 공손히 물었다.

이 꽃은 어느 날 상인들이 지나가는 것을 본 적이 있었다.

"사람들? 예닐곱 명 있기는 있나 봐. 몇 해 전엔가 그 사람

들을 본 일이 있어. 그렇지만 어딜 가야 만나 볼 수 있는지는 도무지 알 수가 없어. 바람 따라 돌아다니니까. 사람들은 뿌리가 없어. 그래서 많은 불편을 느끼는 거야."

"잘 있어."

어린왕자가 말했다.

"잘 가."

꽃이 대답했다.

## 19

### 그 꽃은 언제나
### 먼저 말을 걸었는데……


어린왕자는 높은 산으로 올라갔다. 그가 아는 산이라고는 자기 별에 있는, 무릎까지 오는 세 화산밖에 없었다. 꺼진 화산을 그는 의자 대신 쓰고 있었다. 어린왕자는 생각했다.

'이렇게 높은 산에서는 한눈에 지구 전체와 사람들을 다 볼 수 있겠지.'

그러나 그가 겨우 본 것은 아주 뾰족한 바위산 봉우리들뿐이었다.

"안녕!"

그랬더니 메아리가 울렸다.

"안녕 — 안녕 — 안녕 —"

"누구야?"

다시 메아리가 울렸다.

"누구야― 누구야― 누구야―"

"나하고 친구하자. 나는 외로워!"

"나는 외로워― 나는 외로워― 나는 외로워―"

메아리가 또 울렸다. 그래서 어린왕자는 이렇게 생각했다.

'참 이상한 별이야! 생각해 봐. 아주 메마르고 몹시 뾰족하고 온통 소금이 버적버적한데다가 사람들은 남이 하는 말을 되뇌기나 하고. 내 집에는 꽃이 한 송이밖에 없지만 그 꽃은 언제나 먼저 말을 걸었는데……"

## 20


**내 꽃이 이걸 보면
무척이나 속이 상할 거야.**


오랫동안 모래와 바위와 눈 위를 이리저리 헤맨 끝에 어린 왕자는 마침내 길을 하나 찾아냈다. 길은 모두 사람들이 있는 곳으로 통하는 법이다.

그곳은 장미꽃이 피어 있는 정원이었다.

"안녕?"

어린왕자가 말했다.

"안녕?"

장미꽃들도 말했다.

어린왕자가 꽃들을 쳐다보니 모두 자기 꽃과 비슷한 것이었다. 어이가 없었다.

"너희는 누구야?"

"우리는 장미꽃이야."

"아! 그래?"

어린왕자는 자신이 아주 불행하다고 생각했다. 그의 꽃은 이 세상에 자기와 같은 꽃은 하나도 없다고 말했었는데, 지금 이 정원 하나만 해도 똑같은 꽃이 5천 송이나 있지 않은가!

'내 꽃이 이걸 보면 무척이나 속이 상할 거야.'

어린왕자는 생각했다.

'창피한 꼴을 겪지 않으려고 기침을 심하게 하고 죽는 시늉을 할지도 몰라. 그러면 나는 또 간호해 주는 체 해야겠지. 그러지 않으면 내게도 창피를 주려고 꽃이 정말로 죽을지도 모르니까.'

그리고 또 이런 생각도 했다.

'나는 하나밖에 없는 꽃을 가져서 무척 부자라고 생각했었는데 장미꽃 하나밖에 가진 것이 없구나. 그것하고 무릎까지 오는 화산 셋. 게다가 그중 하나는 영영 꺼져 버렸는지도 모르는 것. 그걸로는 위대한 왕자는 못 되겠구나.'

어린왕자는 풀 위에 엎드려 울었다.

## 21

**네가 오후 네 시에 온다면
나는 세 시부터
행복해지기 시작할 거야**


어린왕자가 풀밭에 엎드려 울고 있는데 여우가 나타났다.

"안녕?"

여우가 말했다.

"안녕?"

어린왕자는 공손히 대답하며 돌아보았다. 그런데 아무것도 보이지 않았다.

"나 여기 있어, 사과나무 밑에."

목소리가 들렸다.

"넌 누구야? 참 예쁘구나!"

어린왕자가 말했다.

"나는 여우야."

"나하고 놀자. 너무 쓸쓸해."

"너하고 놀 수 없단다. 길이 안 들었으니까."

"아! 미안해."

어린왕자가 말했다. 그러나 조금 생각한 뒤에 어린왕자가
물었다.

"'길들인다'는 게 무슨 말이야?"

"넌 여기 사는 아이가 아니구나. 뭘 찾는 거지?"

여우가 말했다.

"나는 사람들을 찾는 거야. 근데 '길들인다'는 건 무슨 말
이야?"

"사람들은 총을 가지고 사냥을 해. 그건 대단히 거북한 노
릇이야. 사람들은 닭을 기르기도 하지! 사람들은 그것만 필
요로 해. 너도 닭을 찾고 있니?"

"난 친구를 찾고 있어. 그런데 '길들인다'는 게 도대체 무
슨 말이야?"

"그건 너무나 잊혀져 있는 거야. 그것은 '관계를 맺는다'는

뜻이란다."

"관계를 맺는다고?"

"물론이지. 내게 있어서는 네가 아직 몇 천 몇 만 명의 어린이와 조금도 다름없는 사내아이에 지나지 않아. 그래서 나는 네가 필요없고 너도 내가 아쉽지 않은 거야. 네게는 내가 너와 상관없는 몇 천 몇 만 마리의 여우 중 하나에 지나지 않을 거야. 그렇지만 네가 나를 길들이면 우리는 서로 특별해질 거야. 내게는 네가 세상에서 하나밖에 없는 나만의 아이가 될 것이고, 네게는 내가 이 세상에 하나밖에 없는 너만의 여우가 될 테니까."

"이제 좀 알아들을 것 같다."

어린왕자가 말했다.

"꽃이 하나 있는데, 그 꽃이 나를 길들였는가 봐."

"그럴 수도 있지. 지구에는 별의별 것이 다 있으니까. ."

"지구에 있는 게 아니야."

지구에 있는 꽃이 아니라는 소리에 여우는 귀가 솔깃해졌다.

"그럼 다른 별에 있어?"

"응."

"그 별에도 사냥꾼들이 있니?"

"아니."

"야, 거 괜찮은데! 그럼 닭은?"

"없어."

"완벽한 건 아무것도 없다니까."

여우는 한숨을 쉬었다.

그러나 여우는 제 이야기로 다시 말머리를 돌렸다.

"내 생활은 변화가 없어. 나는 닭들을 잡고, 사람들은 나를 잡자. 닭들은 모두 비슷비슷하고 사람들도 모두 비슷비슷해. 그래서 나는 심심하단 말이야. 그렇지만 네가 나를 길들이면 내 생활은 해가 뜬 것처럼 환해질 거야. 난 어느 발소리하고도 다른 발소리를 알게 될 거야. 다른 발자국 소리를 들으면 나는 땅속으로 들어갈 거야. 그러나 네 발자국 소리는 음악처럼 나를 굴 밖으로 불러낼 거야. 그리고 저걸 봐! 저기 밀밭이 보이지? 난 빵을 안 먹어. 그러니까 밀은 나한테는 소용

없는 물건이야. 빵을 보아도 내 머리에는 아무것도 떠오르는 게 없어. 그게 몹시 슬프단 말이야! 그런데 네 머리는 금빛이지. 그러니까 네가 나를 길들여 놓으면 참 기막힐 거란 말이야. 금빛이 나는 밀을 보면 네 생각이 날 테니까. 그리고 나는 밀밭으로 지나가는 바람 소리가 좋아질 거야."

여우가 어린왕자를 한참 쳐다보더니 부탁했다.

"제발 나를 길들여 줘!"

"그래."

어린왕자가 말했다.

"그렇지만 나는 시간이 별로 없어. 친구들을 찾아내야 하니까."

"길들이는 물건밖에는 알지 못하는 거야. 사람들은 이제 무얼 알 시간조차 없어지고 말았어. 사람들은 이미 만들어놓은 물건을 가게에서 사지. 그렇지만 친구를 판매하는 장사꾼은 없어. 그래서 사람들은 이제 친구가 없게 되었지. 친구가 갖고 싶거든 나를 길들여!"

"어떻게 해야 길들일 수 있는데?"

"참을성이 아주 많아야 해. 처음에는 내게서 좀 떨어져서 그렇게 풀 위에 앉아 있어. 내가 곁눈으로 너를 볼 테니 너는 아무 말도 하지 마. 말이란 오해가 생기는 근원이니까. 그러나 매일 조금씩 가까이 앉아도 돼."

어린왕자는 이튿날 다시 왔다. 여우가 이렇게 말했다.

"네가 같은 시간에 왔으면 더 좋았을 텐데. 가령 네가 오후 네 시에 온다면, 나는 세 시부터 벌써 행복해지기 시작할 거야. 시간이 지날수록 나는 점점 더 행복을 느낄 거야. 네 시가 되면 안절부절못하고 걱정이 될 거야. 행복이 얼마나 값진 것인지 알아가게 되겠지. 그러나 네가 아무 때나 오면 나는 몇 시부터 마음을 곱게 단장해야 할지 도무지 알 수가 없잖아? 의식(儀式)이 필요한 거지."

"의식이 뭐야?"

어린왕자가 물었다.

"그것도 점점 잊히고 있는 거야. 어떤 날과 다른 날, 어떤 시간과 다른 시간을 다르게 만드는 것이야. 이를테면 사냥꾼들에게도 의식이 있어. 목요일에는 동네 아가씨들과 춤을 춘

단 말이야. 그래서 목요일은 기막히게 좋은 날이지! 그래서 나는 포도밭까지 소풍을 가지. 그런데 만약 사냥꾼들이 아무 때고 춤을 춘다고 해봐. 그저 그날이 그날 같을 것이고, 나는 휴일이라는 게 영 없을 거 아니겠니?"

어린왕자는 여우를 길들였다. 그러나 떠날 시간이 가까워 오자 여우가 말했다.

"아! 난 울 테야."

"그건 네 탓이야. 나는 너를 슬프게 할 생각은 조금도 없었는데. 네가 길들여 달라고 그랬잖아."

어린왕자가 말했다.

"그래."

여우가 말했다.

"그런데 왜 울려고 하니!"

어린왕자가 말했다.

"그래도 슬퍼."

여우가 말했다. 어린왕자는 잠시 곰곰이 생각한 다음 말했다.

"그러고 보니 넌 아무것도 얻은 게 없구나!"

"아니야. 있어. 밀 빛깔."

잠시 후 여우가 다시 말을 이었다.

"장미꽃들한테 다시 가봐. 네 장미꽃이 세상에 둘도 없다는 걸 알게 될 거야. 그리고 네가 나한테 작별인사를 하러 오면 선물로 비밀 하나를 가르쳐 줄게."

어린왕자는 장미꽃들을 만나러 갔다.

"너희는 내 장미꽃과는 조금도 같지 않아. 너희는 아직 아무것도 아니거든. 아무도 너희를 길들이지 않았어. 내 여우도 너희와 마찬가지였어. 몇천 몇 만 마리의 다른 여우와 다를 바 없었던 거야. 그렇지만 그 여우를 내 친구로 삼으니까 지금은 이 세상에 하나밖에 없는 소중한 여우가 되었어."

장미꽃들은 어쩔 줄 몰라 했다.

어린왕자가 계속 말했다.

"너희는 곱긴 하지만 속이 비었어. 누가 너희를 위해 죽을 수는 없단 말이야. 물론 내 장미도 보통 사람은 너희와 비슷하다고 생각할 거야. 그렇지만 나에게 그 꽃 한 송이는 너희들을 모두 합친 것보다 소중하지. 내가 물을 준 꽃이니까. 내가 고깔을 씌워주고 바람막이로 보살펴 준 꽃이니까. 내가 벌레를 잡아 준(나비를 보게 하려고 두세 마리는 남겨 두었지만) 그 장미꽃이었으니까. 그리고 원망하는 소리나 자랑하는 말이나 어떤 때는 점잖게 있는 것까지도 들어준 꽃이었으니까. 그건 내 장미꽃이니까."

그리고 여우한테 돌아와 작별인사를 했다.

"잘 있어."

"잘 가. 이제 내 비밀을 알려줄게. 아주 간단한 거야. 잘 보려면 마음으로 보아야 해. 정말 중요한 것은 눈에 보이지 않는 법이니까."

"정말 중요한 것은 눈에 보이지 않는다."

어린왕자가 기억하기 위해 되뇌었다.

"네가 네 장미꽃을 위해 공들인 시간 때문에 그 꽃이 그렇게 소중하게 된 거야."

"내 꽃을 위해 공들인 시간 때문에."

잊어버리지 않으려고 어린왕자는 되받아 말했다.

"사람들은 이 진리를 잊어버렸어. 하지만 너는 잊어버리면 안 돼. 네가 길들인 것에 대해서는 영원히 네가 책임을 지는 거야. 너는 네 장미꽃에 책임이 있어."

"나는 내 장미꽃에 책임이 있다."

머리에 새겨 두기 위해 어린왕자는 다시 한 번 말했다.

## 22

### 사람은 자기가 있는 곳에서
### 만족하는 법이 없단다

"안녕?"

어린왕자가 말하니, "안녕?" 하고 전철수가 대답했다.

"아저씨, 여기서 뭘 하고 있어?"

"기차 손님들을 천 명씩 고른단다. 그 손님들을 태운 열차를 오른쪽으로 보내기도 하고, 왼쪽으로 보내기도 하지."

그러는 중에 불이 환하게 켜진 특급열차가 천둥같이 요란스런 소리를 내며 조종실을 흔들어 놓았다.

"저 사람들 무척이나 바빠 보이는데. 뭘 찾고 있는 거야?"

어린왕자가 물었다.

"그건 기관사도 모를 걸."

바로 그때 다른 특급열차가 반대편에서 우렁찬 소리를 내며 달려왔다.

"그 사람들이 벌써 돌아온 거야?"

어린왕자가 다시 물었다.

"두 열차가 교차하는 거야."

"그 사람들은 자기들이 있던 데서 만족하지 않았어?"

"사람은 자기가 있는 곳에서 만족하는 법이 없단다."

다시 세 번째 특급열차가 으르렁거리며 달려들었다.

"이 사람들은 앞서 간 사람들을 쫓아가는 거야?"

"쫓아가긴 뭘 쫓아가? 저 속에서 잠을 자거나 하품을 하는 거지. 아이들만 유리창에다 코를 비벼대고 있을 걸."

"아이들만 자신이 찾는 게 무엇인지 알고 있어. 아이들은 헝겊으로 만든 인형 하나 때문에 기꺼이 두 시간을 허비할 수 있지. 그래서 그 인형이 아주 중요한 게 되는 거야. 누가 그걸 뺏으면 우는 것도 바로 그래서야."

어린왕자의 말에 전철수가 대답했다.

"아이들은 행복하군."

## 23

# 53분의 여유가 있다면

"안녕?"

어린왕자가 인사를 하니까 누군가 대답했다. 갈증을 푸는 알약을 파는 장사꾼이었다.

"이 약은 일주일에 한 알씩 먹으면 목이 마르지 않게 돼."

"아저씨, 이 약을 왜 파는 거야?"

"시간이 엄청나게 절약되잖아. 전문가들이 계산을 했는데 일주일에 53분이나 절약된대."

"그래서 아낀 53분을 가지고 뭘 하는데?"

"하고 싶은 걸 하겠지."

'나는 53분의 여유가 있다면 샘 있는 데로 천천히 걸어갈 텐데······.'

어린왕자는 생각했다.

## 24

**사막이 아름다운 건**
**어디엔가**
**우물이 숨어 있기 때문이야.**


사막에서 비행기 고장을 일으킨 지 여드레째 되는 날이라 약장수 이야기를 들을 때 나는 마지막 남은 물 한 방울까지 모두 마셔버린 뒤였다.

"네 이야기는 참 아름답구나. 그런데 나는 비행기를 아직 못 고친 데다 이제 마실 물조차 떨어졌어. 네 말 대로 나도 샘 있는 데로 천천히 걸어갈 수나 있었으면 좋겠구나!"

"내 친구 여우가……"

"지금 여우가 문제가 아니야!"

"왜?"

"우린 목이 말라 죽을 테니까."

그는 내 말을 알아듣지 못하고 이런 말을 했다.

"죽게 되더라도 친구를 만들었다는 건 좋은 일이야. 나는 여우 친구를 하나 둔 게 참 좋아."

'이 아이는 우리가 처한 위험이 어떤 것인지 알지 못하는구나. 영 배도 안 고프고 목도 안 마르고 그저 햇볕만 좀 있으면 그만이니까.'

나는 이런 생각을 했다.

그러나 어린왕자는 나를 들여다보며 뜻밖의 말을 했다.

"나도 목이 말라. 우리 우물 찾으러 가."

나는 맥이 풀렸다. 끝없는 사막 가운데서 무턱대고 우물을 찾아나선다는 것은 당치도 않은 소리였다. 그렇지만 우리는 걸음을 옮기기 시작했다.

몇 시간 동안을 아무 말 없이 걷고 나니 해가 떨어지고 별이 깜박이기 시작했다. 나는 갈증 때문에 열이 나서 별들이 보이는 밤하늘이 마치 꿈속 같았다. 어린왕자가 한 말이 내 머릿속에서 춤을 추고 있었다.

"그러니까 너도 목이 마르단 말이지?"

어린왕자는 동문서답을 했다.

"물은 마음에도 좋아."

나는 어린왕자의 말을 알아듣지 못했지만 아무 말도 하지 않았다. 물어봐도 대답하지 않는다는 것을 알고 있었으니까.

어린왕자가 피곤해서 앉았다. 나도 옆에 앉았다. 어린왕자는 한동안 말이 없다가 이윽고 이런 말을 했다.

"보이지 않는 꽃 때문에 별들이 아름다운 거야."

"그렇고말고."

나는 이렇게 대답한 후에 아무 말 없이 달빛 아래 펼쳐진 주름진 모래언덕을 바라보았다.

"사막은 아름다워."

어린왕자의 말은 틀리지 않았다. 나도 언제나 사막을 좋아했다. 모래언덕에 앉아 있으면 아무것도 보이지 않고 아무 소리도 들리지 않는다. 그런데도 침묵 속에 무엇인가 빛나는 것이 있다.

"사막이 아름다운 건 어디엔가 우물이 숨어 있기 때문이야."

어린왕자는 이렇게 말했다. 나는 뜻밖에도 모래의 신비로운 빛을 이해할 수 있었다. 어렸을 때 나는 오래된 집에 살고 있었는데, 그 집에는 보물이 묻혀 있다는 이야기가 전해 내려왔다. 물론 아무도 보물을 발견하지 못했다. 어쩌면 찾아보지도 않았는지 모른다. 그러나 그 보물 때문에 그 집은 매력이 있었다. 그 속 깊숙이 어떤 비밀을 간직하고 있기 때문이었다. 나는 어린왕자에게 말했다.

"그래, 집이든, 별이든, 사막이든, 아름다움은 눈에 보이지 않는 것에서 오는 거야."

"아저씨가 내 여우하고 같은 생각을 해서 정말 기뻐."

나는 잠이 든 어린왕자를 품에 안고 다시 길을 떠났다. 가슴이 뭉클해졌다. 깨지기 쉬운 보물을 안고 가는 것 같았다. 이 세상에 그보다 더 여린 것은 없을 거라는 생각이 들었다. 새하얀 이마, 감긴 눈, 바람에 나부끼는 머리카락들을 달빛에 비춰보며 나는 생각했다.

'내가 지금 보고 있는 건 겉모습일 뿐이야. 정말 중요한 건 눈에 안 보이니까."

반쯤 벌어진 그의 입술이 미소를 머금은 것을 보고 이런 생각도 했다.

'잠이 든 어린왕자가 이토록 내 마음을 감동시키는 것은 꽃 한송이를 향한 어린왕자의 성실함, 잠을 자는 동안에도 마음속에서 불꽃처럼 빛나는 장미꽃 때문일 거야."

문득 어린왕자가 생각보다 여릴지도 모른다는 생각이 들었다. 등불은 잘 보살펴 주어야 한다. 바람이 몰아치면 꺼질 수도 있으니까."

이렇게 걸어가다가 해 뜰 무렵 드디어 우물을 발견했다.

## 25

# 눈으로는 볼 수가 없어
## 마음으로 찾아야 해

어린왕자가 말했다.

"사람들은 특급열차를 타고 가지만, 무얼 찾아가는지는 모르지. 그러니까 갈팡질팡하고 빙빙 돌아. 그건 소용없는 짓이야."

우리가 찾은 우물은 사하라사막에 있는 다른 우물들과 같은 게 아니었다. 사하라의 우물들은 그저 모래에 구멍을 뚫어 놓은 것뿐이다. 그런데 우리가 찾은 우물은 마을에 있는 우물 같았다. 주변 어디에도 마을이 없었는데 말이다. 나는 꿈이 아닌가 생각했다.

"이상도 하지. 도르래도 있고 두레박과 줄도 있으니."

내가 어린왕자에게 말하자 어린왕자도 웃으면서 줄을 만

져 보고 도르래를 돌려보고 했다. 바람이 오랫동안 잔잔했다
가 다시 불자 도르래가 낡은 풍차처럼 삐걱거렸다.

"아저씨, 들려? 우리가 우물을 깨우니까 우물이 노래를 하
는 거야."

나는 어린왕자에게 힘든 일을 시키고 싶지 않았다.

"내가 할게. 네게는 너무 무거워."

나는 두레박을 천천히 우물 귀퉁이까지 올려 떨어지지 않
게 잘 얹어놓았다. 지금도 도르래의 노랫소리가 들리고 출렁
거리는 물에 해가 흔들리는 것이 보인다.

"이 물이 마시고 싶었어. 물 좀 줘."

나는 어린왕자가 무엇을 찾고 있었는지를 알았다! 두레박
을 입술에까지 들어주자 어린왕자는 눈을 감고 물을 마셨다.
축제처럼 기뻤다. 그 물에는 그냥 물과는 다른 무엇이 있었
다.

그것은 별빛 아래 이루어진 행진과 도르래의 노래와 내 팔
의 노력에서 나온 것이었다. 그것은 마치 선물을 받았을 때
처럼 마음을 기쁘게 했다. 어렸을 때 내가 받은 크리스마스

선물이 트리의 등불, 가정미사의 음악, 서로 주고 받는 상냥한 웃음으로 빛났던 것처럼.

"아저씨 별에 사는 사람들은 정원에 장미꽃을 5천 송이씩이나 가꾸지만 자기네들이 찾는 것은 얻지 못해."

어린왕자가 말했다.

"맞아. 찾아내지 못해."

"그렇지만 그들이 찾는 것은 장미꽃 한 송이나 물 한 모금에서도 얻어질 수 있을 거야."

"그야 그렇지."

그러자 어린왕자가 말했다.

"눈으로는 볼 수가 없어. 마음으로 찾아야 해."

나는 물을 마시고 나자 다시 살아난 느낌이었다. 모래는 떠오르는 햇빛을 받으면 달콤한 꿀 빛이 된다. 나는 이 빛깔에도 행복을 느꼈다. 행복하지 못할 이유가 어디 있겠는가.

"아저씨, 약속을 지켜야지."

내 옆에 다시 앉은 어린왕자가 말했다.

"무슨 약속?"

"내 양에 씌울 굴레 말이야. 나는 내 꽃에 책임이 있어!"

나는 끄적거려 두었던 그림을 주머니에서 꺼냈다. 어린왕자는 그림들을 보고 웃으며 말했다.

"아저씨가 그린 바오밥나무는 배추처럼 보여."

"그래?"

나는 바오밥나무 그림을 가지고 나름 우쭐해 하고 있었는데!

"여우 귀가 뿔같이 생겼어. 게다가 너무 길어!"

그러고는 또 웃었다.

"나한테 너무 큰 걸 바라는 구나. 나는 속이 안 보이는 보아구렁이하고 속이 들여다보이는 보아구렁이밖에 못 그려."

"응! 괜찮을 거야. 아이들은 다 알아볼 수 있으니까."

나는 연필로 굴레를 그렸다. 그 굴레를 어린왕자에게 건네주면서 가슴이 뿌듯해졌다.

"네가 무슨 생각을 하고 있는지 도무지 모르겠어."

어린왕자는 내 말에는 대답하지 않고 말했다.

"내가 지구에 떨어진 지 내일이 꼭 1년이야."

어린왕자는 잠시 묵묵히 있다가 말했다.

"바로 이 근처에 떨어졌었어."

그는 얼굴을 붉혔다. 나는 왠지 모르게 설움이 북받쳐 올랐다. 문득 이런 질문이 떠올랐다.

"여드레 전 내가 너를 알게 된 날 아침, 마을에서 수만 리 떨어진 데서 너 혼자 이렇게 거닐고 있던 건 우연이 아니었구나! 네가 떨어진 곳으로 돌아가는 길이었니?"

어린왕자는 다시 얼굴을 붉혔다.

나는 망설이며 말을 이었다.

"일 년이 되어서 그런 거지?"

어린왕자는 한 번 더 얼굴을 붉혔다. 그는 물어보는 말에 "응." 하고 대답하는 법이 없었다. 하지만 얼굴을 붉히면 그렇다는 뜻이 아닌가!

"나는 점점 겁이 나."

그러나 어린왕자는 이렇게 말했다.

"아저씨는 이제 일을 해야지. 비행기가 있는 쪽으로 다시 가. 여기서 기다리고 있을게. 내일 저녁에 다시 만나."

나는 안심이 되지 않았다. 여우 이야기가 생각났다. 길들여지면 누구나 눈물을 흘리고 싶어지는 모양이다.

## 26

## 내 꽃 말이야.
## 그건 내게 책임이 있어!


이튿날 저녁, 일을 마치고 돌아오다 보니 멀리서 어린왕자가 담장 위에 올라앉아 다리를 늘어뜨리고 있는 게 보였다. 우물 옆에는 허물어지다 만 오래된 돌담이 있었다. 가까이 가자 어린왕자가 말하는 것이 들렸다.

"그래 생각이 안 난단 말이니? 여기는 아니야!"

그리고 "아니야! 날짜는 맞지만 여기가 아니야." 하는 것을 보면 상대편에서 무슨 대답이 있었던 모양이다. 나는 그대로 담을 향해 걸어갔지만 아무도 보이지 않고 말소리도 들리지 않았다. 어린왕자는 누군지 모르는 상대에게 다시 말을 건넸다.

"모래에 내 발자국이 어디서 시작하는지 봐. 거기서 기다리면 돼. 오늘밤에 거기 가 있을 테니."

나는 담에서 20미터 떨어진 곳에 있었는데, 여전히 아무것도 보이지 않았다. 잠시 침묵하더니 어린왕자가 말했다.

"너 좋은 독을 가지고 있니? 날 오랫동안 아프게 하지 않을 자신이 있어?"

나는 가슴이 두근거려 발을 멈칫했다. 그러나 여전히 무슨 말인지 알 수가 없었다.

"이제 가 봐. 내려가고 싶어!"

그때서야 나는 담 밑을 내려다보고는 깜짝 놀랐다. 30초 안에 사람을 죽일 수 있는 황독사가 어린왕자를 향해 대가리를 쳐들고 있지 않은가! 나는 권총을 꺼내려고 주머니를 뒤지며 뛰기 시작했다. 내 발소리를 들은 뱀은 마치 스며들어가는 물줄기처럼 모래 속으로 소리없이 기어가더니 별로 서두르지도 않고 가벼운 쇳소리를 내며 돌 틈으로 사라져 버렸다.

나는 담 밑에 이르러서야 눈처럼 창백해진 어린왕자를 겨우 품에 받아 안을 수 있었다.

"세상에! 이젠 뱀하고도 이야길 하고!"

나는 어린왕자의 금빛 목도리를 풀었다. 물로 관자놀이를
적셔 주고 먹이기도 했다. 그러나 이제는 어린왕자에게 무슨
말을 물어 볼 용기도 없었다.

어린왕자는 나를 진지하게 바라보더니 양팔로 내 목을 껴
안았다. 카빈총에 맞아 죽어가는 새처럼 가슴이 뛰는 것이
느껴졌다.

"비행기를 고쳐서 참 다행이야. 이제 아저씨는 집에 돌아
갈 수 있겠지."

"그걸 어떻게 아니?"

나는 뜻밖에도 비행기를 고치는 데 성공했고, 그 사실을
어린왕자에게 알리러 왔던 참이었다! 어린왕자는 내 물음에
는 대답을 하지 않고 말을 이었다.

"나도 오늘 내 별로 돌아가."

어린왕자는 쓸쓸해 보였다.

"거긴 훨씬 멀고, 훨씬 가기 힘들어."

순간 나는 무슨 슬픈 일이 생겼음을 직감했다. 나는 어린왕

자를 어린애처럼 꼭 껴안았다. 그러나 미처 잡을 새도 없이 끝없는 수렁으로 빠져들어가는 것만 같았다.

어린왕자의 눈길은 먼 곳을 멍하니 바라보고 있었다.

"내겐 아저씨가 준 양이 있어. 양을 넣어두는 상자하고 굴레도 있고."

어린왕자는 쓸쓸한 웃음을 지었다.

나는 오랫동안 기다렸다. 어린왕자의 몸이 점점 따뜻해지는 것이 느껴졌다.

"무서웠지?"

"물론 무서웠지!"

어린왕자는 다시 웃으며 말했다.

"하지만 오늘 저녁이 훨씬 더 무서울 거야."

나는 돌이킬 수 없는 일이라는 생각에 눈앞이 캄캄해졌다. 어린왕자의 웃음소리를 영영 듣지 못하게 된다는 것이 견딜 수 없는 고통임을 깨달았다. 그 웃음은 내게 사막에 있는 오아시스 같은 것이었다.

"네 웃음소리가 더 듣고 싶구나."

어린왕자가 말했다.

"오늘밤이면 1년이 돼. 내 별이 내가 떨어졌던 그 자리 바로 위에 와 있게 돼."

"그 뱀 이야기, 뱀하고 만나는 이야기, 별 이야기는 모두 못된 꿈 아니니?"

어린왕자는 내 말에는 대답하지 않고 이렇게 말했다.

"중요한 건 눈에 보이지 않는 거야."

"맞는 얘기야."

"꽃도 마찬가지야. 어떤 별에 있는 꽃을 좋아하면 밤에 하늘을 쳐다보는 게 참 아늑해. 어느 별에나 꽃이 피어 있으니까."

"물론이지."

"물도 마찬가지야. 아저씨가 먹여준 물은 꼭 음악 같았어. 도르래하고 밧줄 때문에 그래. 아저씨, 생각나지? 물이 참 맛있었지."

"그래."

"아저씨, 밤이 되면 별들을 쳐다봐. 내 별은 너무 작아서 어디 있는지 아저씨한테 보여줄 수가 없어. 그게 더 나아. 내 별이 아저씨한테는 여러 별 중 하나가 될 거야. 그러면 아저씨는 어느 별이든 바라보는 게 좋아질 거야. 그 별들이 모두 아저씨와 친해질 테고. 그리고 아저씨한테 선물을 하나 줄게."

어린왕자는 다시 웃었다.

"나는 그저 네 웃음소리가 좋단다!"

"바로 그걸 선물로 주는 거야. 그 물도 마찬가지야."

"그건 무슨 말이야?"

　"사람에 따라 별들은 모두 다른 의미가 있어. 어떤 사람들에게는 그저 조그만 빛으로밖에 보이지 않을지도 모르지만, 여행하는 사람에게는 별들이 길잡이가 되어 주지. 천문학자들에게는 별들이 수수께끼가 되고, 내가 말한 사업가에게는 별이 금으로 보일 거야. 어떤 경우에도 별들은 말이 없어. 아저씨에게는 별이 다른 사람들과 다르게 보일 거야."

　"그게 무슨 말이니?"

　"내가 무수히 많은 별 중 하나에서 살고 있을 테니까. 내가 그 별 중 하나에서 웃고 있을 테니까. 아저씨가 밤에 하늘을 쳐다보면 별들이 모두 웃는 것처럼 보일 거야. 그러니까 아저씨는 웃을 줄 아는 별들을 가지게 되는 거지!"

그러면서 또 웃었다.

"아저씨의 슬픔이 가신 다음에는 (슬픔은 가시게 마련이니까) 나를 알게 된 것을 기쁘게 생각할 거야. 아저씨는 언제까지나 나하고 친구로 남을 거고 나하고 웃고 싶어질 거야. 가끔은 괜히 창문을 열어볼 때도 있을 거야. 아저씨가 하늘을 쳐다보며 웃는 걸 보고 친구들이 이상하게 생각할지도 몰라. 그러면 아저씨는 이렇게 말하겠지. '별들을 보면 언제나 웃음이 나와!' 그러면 친구들은 아저씨를 미쳤다고 생각할 거야. 그럼 내가 아저씨한테 아주 몹쓸 짓을 한 게 되겠는데."

어린왕자는 웃었다.

"그러면 아저씨한테 별이 아니라 웃을 줄 아는 조그만 방울을 잔뜩 준 셈이 되는 거야."

그리고 또 한번 웃더니 이번에는 진지한 얼굴로 말했다.

"아저씨, 오늘밤엔 오지 마."

"네 곁을 떠나지 않을 거야."

"나는 아픈 것 같이 보일 거야. 죽어가는 것 같을 거야. 그러니까 오지 마. 올 필요 없어."

"난 네 곁을 떠나지 않을 거야."

어린왕자는 걱정되는 눈치였다.

"오지 말라고 하는 건 뱀 때문이기도 해. 뱀한테 아저씨가 물리면 어떡해? 뱀은 사나워. 장난삼아 물기도 하거든."

"뭐라고 하든 널 떠나지 않을 거야."

어린왕자는 무슨 생각이 들었는지 안심하는 눈치였다.

"두 번째 물 땐 독이 없긴 하지만."

그날 밤, 나는 어린왕자가 떠나는 것을 보지 못했다. 소리 없이 살그머니 빠져나갔기 때문이다. 내가 뒤늦게 따라갔을 때 어린왕자는 종종걸음으로 걷고 있었다. 나를 보고 이렇게 말했다.

"아저씨 왔어?"

그러면서 내 손을 잡았다. 그러나 다시 걱정을 했다.

"아저씨가 온 건 잘못이야. 마음이 아플 테니까. 난 죽는 것처럼 보이겠지만 사실은 그게 아니야. 거긴 너무 먼 곳이야.

내 몸을 가지고는 갈 수가 없어. 너무 무거우니까. 몸은 낡은 껍데기 같은 거야. 그건 슬프지 않아."

그는 좀 풀이 죽어 있는 듯했다. 그러나 다시 기운을 냈다.

"무척 아늑할 거야. 나도 별들을 바라볼 거야. 모든 별이 녹슨 도르래 달린 우물이 될 거야. 그래서 내게 물을 먹여줄 거야. 참 재미있겠지? 아저씨는 5억 개의 작은 방울을 가지게 되고, 나는 5억 개의 샘을 가지게 되는 거니까."

그러고는 입을 다물었다. 울고 있었던 것이다.

"다 왔어. 나 혼자 한 걸음 내딛게 가만 둬."

그러더니 그 자리에 주저앉고 말았다. 겁이 났던 것이다.

"내 꽃 말이야. 그건 내게 책임이 있어! 그 꽃은 너무 약해! 너무 순진하고. 대단하지도 않은 가시 네 개를 가지고 바깥 세상으로부터 제 몸을 보호하려고 하다니."

나도 더 이상 서 있을 수가 없어서 앉았다. 어린왕자가 말했다.

"이제 끝났어."

어린왕자는 잠깐 망설이다 몸을 일으켰다. 한 걸음을 내디

덨다. 나는 꼼짝할 수가 없었다. 어린왕자의 발목에서 노란 빛이 반짝거렸다. 어린왕자는 잠시 그대로 서 있었다. 소리도 내지 않았다. 그리고 나무가 넘어가듯 조용히 쓰러졌다. 모래 위여서 소리조차 나지 않았다.

## 27

## 나의 어린 친구가 돌아왔다고
## 빨리 편지를 보내주기를 ……

　벌써 여섯 해나 되었다.

　나는 아직 이 이야기를 한 적이 없다. 나를 다시 만난 동료들은 내가 살아 돌아온 것을 무척 기뻐했다. 나는 슬펐지만 그들에게는 "피곤해서……" 라고만 했다.

　지금은 슬픔이 좀 작아졌다. 그러니까 아주 가시지는 않았다는 말이다. 그러나 내 친구가 자기 별로 돌아간 것을 나는 잘 안다. 해 뜰 무렵에 보니 그의 몸이 사라진 뒤였으니까. 그리 무거운 몸은 아니었다.

　나는 밤에 별들의 소리에 귀기울이기를 좋아한다. 그것은 5억 개의 방울과 같다.

　그런데 참 안타까운 일이 하나 있다. 어린왕자에게 그려준 굴레에다 가죽 끈을 달아주는 것을 깜빡 잊은 것이다. 어린왕자는 그 굴레를 양에게 씌우지 못했을 것이다. 그래서 나는 가끔 생각한다.

'그 별에 무슨 일이 생겼을까? 양이 꽃을 먹어버린 것은 아닐까?'

그러다가 이런 생각도 한다.

'그럴 리가 없지! 어린왕자가 밤마다 꽃에 고깔을 씌우고 양을 잘 지키니까.'

그러면 나는 행복해진다. 그리고 별들은 모두 가만히 웃는다. 어떤 때는 이런 생각도 든다.

'어쩌다 잠시 한눈을 판다면 그땐 큰일 나는데! 어느 날 저녁 그 애가 고깔 씌우기를 잊었든지, 양이 밤중에 소리 없이 나가든지.'

그러면 방울들이 모두 눈물로 변해 버린다!

이것은 중요한 수수께끼다. 어린왕자를 사랑하는 여러분에게나 나에게나 우리가 모르는 양이 어디선가 장미꽃을 먹었느냐 안 먹었느냐에 따라 온 세상이 달라지는 것이다.

하늘을 바라보고 이렇게 생각하라.

'양이 꽃을 먹었을까 안 먹었을까?'

그러면 모두가 얼마나 달라지는지 알 수 있을 것이다. 물론 어른들은 이것이 왜 그렇게 중요한 문제인지를 아무도 이해하지 못할 것이다.

이것이 나에게는 이 세상에서 가장 아름답고 가장 쓸쓸한 풍경이다. 이것은 앞장의 것과 같은 풍경이지만, 독자 여러분에게 똑똑히 보여주려고 다시 한 번 그린 것이다. 어린왕자가 지구별에 나타났다가 사라진 곳이 바로 여기다.

이 풍경을 잘 보아 두었다가 혹시라도 아프리카 사막을 여행하게 되면 그곳을 틀림없이 알아볼 수 있길 바란다.

그리고 꼭 부탁한다. 그곳을 지나가게 되거든 그냥 지나치지 말고 별 아래서 잠시 기다려주길 바란다.

갑자기 모르는 아이가 웃으며 다가온다면, 그 아이의 머리가 금발이라면, 누구냐고 물어도 대답이 없다면, 당신은 그 아이가 누군지 곧 알게 될 것이다. 그때는 친절하게 대해주기 바란다!

그리고 내가 이렇게 깊은 슬픔에 빠져 있는 채로 내버려두지 말고 나의 어린 친구가 돌아왔다고 빨리 편지를 보내주길 바란다.

어린왕자를 읽고 나서
비로소 어른이 되었다